草木皆有情,得遇倾城色。
与诗词和草木的相遇,永远都不会太晚。

古诗词里的草木香

一草一木皆有灵 一枝一叶总关情

凉月满天 / 著

北方联合出版传媒(集团)股份有限公司
万卷出版公司
2020年·沈阳

ⓒ 凉月满天 2020

图书在版编目（CIP）数据

古诗词里的草木香 / 凉月满天著. —沈阳：万卷出版公司，2020.8
 ISBN 978-7-5470-5383-6

Ⅰ.①古… Ⅱ.①凉… Ⅲ.①古典诗歌—诗歌欣赏—中国 Ⅳ.①I207.2

中国版本图书馆CIP数据核字（2020）第108774号

出 品 人：	王维良
出版发行：	北方联合出版传媒（集团）股份有限公司
	万卷出版公司
	（地址：沈阳市和平区十一纬路25号　邮编：110003）
印 刷 者：	辽宁新华印务有限公司
经 销 者：	全国新华书店
幅面尺寸：	146mm×210mm
字　　数：	245千字
印　　张：	10.5
出版时间：	2020年8月第1版
印刷时间：	2020年8月第1次印刷
责任编辑：	朱婷婷
责任校对：	高　辉
装帧设计：	鼎籍文化创意　马婧莎
ISBN 978-7-5470-5383-6	
定　　价：	49.80元
联系电话	024-23284090
传　　真	024-23284448

常年法律顾问：李　福　版权所有　侵权必究　举报电话：024-23284090
如有印装质量问题，请与印刷厂联系。联系电话：024-31255233

序　言

我们正生活在一个巨大变革的时代,"日出而作,日入而息"的传统农业生活方式逐步退隐,新兴产业迅速崛起,而信息世界呼啸而至。

田园的歌声逐渐微渺不可见,如同昔日丰茸细草,高大林木。

如果说,众多70后以前的人还对农业存在着鲜明的印象,那么这种印象也许在80后的脑海里已经渐渐稀释,而在90后和更年青一代的心目中,变得朦胧、扭曲,甚至透明,就像热气蒸腾后面隐藏的山岚。而诡异的是,最后隐去的不是热气,而是曾经的满目青山。

我们用邮件代替了信件,用快歌代替了诗篇,用立体图像代替了真山真水,用带有草木味道的香氛代替了阳光下点点的红石榴花、白栀子花和丹桂飘散的香。

我们走在了时代前列,而把过往抛在了脚跟后面。就像马蹄踏踏,沾着踩烂的紫罗兰的花香,而风向后吹,马儿闻不见。

闻不见又岂止是草木的香气呢!

诗也好,词也罢,久远年代里,人们用这些精美的词句,歌颂着他们身边日日可见的长林丰草,豆麦菽稷,这是人们对于黑土地、黄土地的最意味深长的爱恋。但是它们离我们也好像越来越远。

太多的新闻了，也有太多的热点。心总是如同起风的海面，不由自主，动荡不安。

停一停好不好？

吟一首诗，诵两句词，闻闻诗词里散发的草木香气，分分神，回想一下过去的时光。让心歇歇，喘口气。

心闲心静，太阳就升起来了，月亮就升起来了，星辰就升起来了，花就开好了，听，树叶哗哗地响。

世界其实没有那么令人焦灼，愿望其实没有那么不可实现，痛苦也不是那么难以忍受，快乐一点一点地，像清水漫过白石子，漫过了我们的心田。

这就是本书写作的初衷。

它不深刻，不讨论人类发展的终极命题；也不晦涩，不强迫人去查字典增加学识。它只是让人茶余饭后，闲来无事，翻一章两章读一读，或者出声地把其中的一页两页念一念。读完念完，随手放在一边，然后该上班上班，该上学上学，该赴约赴约，该买菜做饭买菜做饭。

可是总有一个情景，会让你想起原来这种树是这样的，这种花是这样的，这首诗写的原来是这么个意思，那首词的韵律像雨打疏窗……

这是遥远年代的音韵节奏和遥远地方的青绿山水、绿树红花合谋，一个展纸，一个落笔，写给现代人的一封情书，言语清淡，而情深意远。

目录
CONTENTS

灼灼其华

君不见，蜀葵花	003
榴花折得一枝看	009
花落胭脂冷，饭熟茉莉香	016
梨花淡白柳深青	020
不见萱草花	026
唯有牡丹真国色	031
东风袅袅泛崇光	038
藤花紫蒙茸	043
月季元来插得成	050

青青岁蔬

自种畦中白菜	057
烹葵邀上客	064
夜雨共寻园内韭	071
萝卜近蒂染微青	078
小园五亩剪蓬蒿	084
相彼芫荽，化胡携来	090
青青芥菜	097
我是一棵菠菜，菜菜菜菜菜菜	102
诗人独行嗅茴香	107
饭煮青泥坊底芹	112

叁 长林丰草

苔藓的王国	121
荇菜荇菜,素颜的爱	128
上砌如欺地锦红	133
绕篱萦架牵牛花	139
春在溪头荠菜花	147
马齿叶亦繁	153
蕨菜蕨菜,向春天告白	159
薤上露,何易晞	165
蒹葭苍苍,白露为霜	172

野有嘉木

白杨多悲风	179
满地槐花春草生	186
吹面不寒杨柳风	195
天上白榆树	201
一枝不损尽天年	207
绸缪束楚	212
织就湘帘护美人	217
赌书消得泼茶香	222

果其实兮

椒聊之实	231
采莲南塘秋	237
西风吹雨饱秋菰	243
篱落带雨豆花开	248
流光容易把人抛，红了樱桃，绿了芭蕉	254
于嗟鸠兮，无食桑葚	261
桃之夭夭	267

陆 禾稻香满

愿麦子和麦子长在一起　　　277

家家打稻趁霜晴　　　283

大麦黄　　　289

月明荞麦花如雪　　　293

昔我往矣，黍稷方华　　　298

黄鸟黄鸟，无啄我梁　　　303

番麦高撑杆，香蒿细缀珠　　　309

花开天下暖　　　316

灼灼其华

桃之夭夭　灼灼其华

之子于归　宜其室家

桃之夭夭　有蕡其实

之子于归　宜其家室

桃之夭夭　其叶蓁蓁

之子于归　宜其家人

君不见,蜀葵花

蜀葵花歌
唐·岑参

昨日一花开,今日一花开。
今日花正好,昨日花已老。
始知人老不如花,可惜落花君莫扫。
人生不得长少年,莫惜床头沽酒钱。
请君有钱向酒家,君不见,蜀葵花。

昨天蜀葵花开,今日蜀葵花开。

今日花,娇艳欲滴正正好,昨日花,颓丧凋零已开老。

看过花开花败才知道,人的老去还不如这花开花败,有时候,竟比落花败得还快。光阴如梭,人面渐老,劝那扫花的人,还是不要扫那落花吧。

人生不能永远都是少年,想要痛饮一番的时候,就不要吝惜床头买酒的钱。

今朝有酒今朝醉,还是快用钱去换酒喝吧,你没看见那瞬间即败的蜀葵花吗?否则,等你老去的时候,想要喝酒也不能了。

——蜀葵,我们本地并不叫蜀葵,小时候亦不知道它的名字叫"蜀葵",更不知道它是因为原产四川,所以才叫"蜀"葵,而只叫它曼朵花。至于为什么叫它曼朵花,无考。如今一叫"曼朵花",眼前马上闪过它扁扁的籽,直直的秆,宽大如掌的叶,大酒杯一样的红的白的花。直直的花秆上,上开一朵,中开一朵,下开一朵,一根秆子穿起来长长的一串。一丛曼朵花,花秆高低错落,风一吹摆摆摇摇。单瓣、薄片、皱皱的,看上去像绉纸扎的,偏偏花瓣的质地是光润的,像丝一样,像绸一样。

这花且是好养活,只消把扁扁的籽随便撒在土里,夏日里,它就能够在亮烈的阳光下一丛一丛地开,再把花绉纸一样的花一串串地穿起在枝子上。开在青灰的墙下,像田园里的一首小诗;开在废弃的窗棂下,像一阕被人遗忘的词;高低错落地开在白墙边,像谱出来的一首无字歌,你可以试着唱一唱。

据说曼朵花还有一个名字,叫"一丈红"。如果看了电视剧《甄嬛传》,再听这个名字就会有一种惨烈的惊悸,因为华妃谈笑间就打残了夏冬春,要让她的鲜血给花染上色彩。如果不看这个电视剧,这个名字还和曼朵花蛮般配,因为曼朵花开得茂盛的时候,花秆真的可达丈许,且曼朵花如果开红花,又且是艳光四射,说它是一丈红,真是名副其实。

明代成化甲午年间,日本使者来到中国,见栏前蜀葵花不

蜀　葵

识，问之才明白，遂作《题葵花》诗：

花于木槿浑相似，叶比芙蓉只一般。
五尺阑干遮不尽，独留一半与人看。

说的是蜀葵的花和木槿的花有些相似，叶子又和芙蓉的叶子一样，长得高大，五尺高的栏杆都遮不住它的花影，它能够高高地冒出头来，给人看它的红脸白脸。

《太平广记》里写到岭表的木槿花，言其"茎叶皆如桑树。叶光而厚。树身高者，止于四五尺，而枝叶婆娑。自二月开花，至于中冬方歇。其花深红色，五出，如大蜀葵"。

而这假的"大蜀葵"什么样呢？"有蕊一条，长于花叶，上缀金屑，日光所烁，疑有焰生。一丛之上，日开数百朵。"

它好看，蜀葵也跟它一样好看。

它还有一个名字，叫"大麦熟"，这个就好理解了，因为它开花的时节，正是麦子成熟的时节。日前自驾去山西，一路上，车子随着山势爬高走低，路边一簇簇的曼朵花开。正是暑热季节，田野收割后的麦茬子还黄黄地戳在田里，播种下去的玉米已经萌出绿绿的宽叶子，整个世界一片枯黄深绿，两边绿树迅捷地掠过，一棵接着一棵。看得久了，眼睛舒缓之余，又有些疲累。这个时候再看见红红的曼朵花在风里摇摇曳曳，就觉得平淡的时间和田野顿时有了鲜活的颜色。

反正一说曼朵花，就觉得它该是乡村景致，像村姑一般的红红白白地讨喜，但是却登不上庙堂，入不了宫闱。《醒世恒言》

里有一篇小说《灌园叟晚逢仙女》,主人公秋先不事田业,专务养花,种了一个大花园,园中锦绣纷繁,耀花人眼,可是所种的花也不见得多么名贵,要不然,怎么会有曼朵花的影子:"那园周围编竹为篱,篱上交缠蔷薇、荼蘑、木香、刺梅、木槿、棣棠、金雀,篱边遍下蜀葵、凤仙、鸡冠、秋葵、莺粟等种。更有那金萱、百合、剪春罗、剪秋罗、满地娇、十样锦、美人蓼、山踯躅、高良姜、白蛱蝶、夜落金钱、缠枝牡丹等类,不可枚举。遇开放之时,烂如锦屏。"

我的茶室几上有一个素白的花瓶,有一年我还特剪了两枝曼朵花插进瓶里,映得黄的竹几和素白的瓶都好看起来。可是也不过是插了这一年,后来便懒得再剪它插它,实在是太多了,既在农村,出门即是,人家的篱边墙外,处处在在。

怪不得一个叫陈标的唐人,会写这样的《蜀葵》诗:

> 眼前无奈蜀葵何,浅紫深红数百窠。
> 能共牡丹争几许,得人嫌处只缘多。

也不是嫌,只是开得多了,就眼见心不见了。

而在我们东方,相传古时候有一个叫王其祥的人,百花之中独爱蜀葵。一天,他在花园里睡着,梦中有一个青衣人带着他去看仙子歌舞,正值陶醉之时,忽然梦醒,如同李白的梦游天姥,醒后一切成空,心中惆怅,眼前只见随阵阵清风摇摆的蜀葵,于是,他给自己取了一个"蜀客"的别称。

我不知道蜀葵花开还有黄色,但是古人的诗里是有的。唐人崔涯就作诗《黄蜀葵》：

> 野栏秋景晚，疏散两三枝。
> 嫩碧浅轻态，幽香闲澹姿。
> 露倾金盏小，风引道冠欹。
> 独立悄无语，清愁人讵知。

张祜更是把《黄蜀葵花》写得隐讳中带有肉感：

> 名花八叶嫩黄金，色照书窗透竹林。
> 无奈美人闲把嗅，直疑檀口印中心。

"把你的身体穿进这些衣服里面，它们会把你带到何处呢？"英国女作家爱尔·罗丽在《世界服饰》一书中，以感性而充满悬念的语气如是说。那么，把你的鼻子钻进酒杯一样的曼朵花里，这花香又会把你带到何处呢？真是一个充满悬念的故事。

榴花折得一枝看

初见石榴花
宋·陆游

吴中四月尚余寒,细雨霏霏怯倚阑。
老子真成兴不浅,榴花折得一枝看。

  吴中到了四月时节,天气尚且有些余寒。细雨霏霏的天气,想倚阑干,又怕倚阑干。老夫我真是兴致不浅,把一枝鲜艳的石榴花折在手里把玩。

  少年时,家里种着一棵石榴树。那种老式的出檐房子,墙面上贴的是红红绿绿的碎石子,安放在阳台上的蜂窝煤炉子已被熏得乌漆麻黑。走下几级洋灰台阶,院里散堆着些煤块啊、劈柴啊、水桶啊,乱七八糟的东西。我的母亲勤劳而不整洁。

  石榴树就种在台阶旁边,五月盛夏时节,油绿的叶,满头开红花。红色的、长长的花托子,像蜡片剪就的,又光又亮。鲜红的花从花托子里一点点挣出来、冒出来、开出来，像美人唇上的胭脂，像刺绣的人被针扎了手指头，圆圆的血珠子沁出来。

为什么想起来这些，因为出小区门的路边，红砖墙头，攀缘着一壁的爬山虎，旁边种着一株石榴花。也不知道这两种植物怎么就搞到了一起，好像是爬山虎嫌自己只有绿叶，就厚着脸皮地扯过石榴树开出的红花，满头满脸地把自己罩了起来。红花斜斜地伸向丽日晴空，劈头盖脸的太阳光洒下，它一点儿也不怕。

透过阳光瞧去，它却又不是猩红，不是血红，是红里透着一些黄，像是血里搅了些阳光。晃眼反光的水泥路面上躺着几朵石榴花，花形有些皱缩，颜色有些疲滞，像一个女人有些老去的样子。小视频上这样的女人很多，特别热衷于搔搔首、弄弄姿，再加上美颜、滤镜、大眼瘦脸，渴望底下有人评论说"真年轻"。

事实上已经不年轻。不年轻又不是罪。就像花落了也不是罪。谁又能永远快乐，永远年轻，永远朝天吹喇叭，吹一曲《朝天子》。

看见石榴花，就想起石榴裙。女人的衣裳，说别的都不觉得艳，一说石榴裙就特别特别艳。

《花为媒》里张五可对着抢了她的新娘做的月娥有这样的一段唱：

> 上身穿的是红绣衫，匝金边又把云字扣，周围是万字不到头，还有个狮子滚绣球。内套的小衬衫，她的袖口有点瘦……下身穿，八幅裙捏百折是云霞绉，俱都是锦绣罗缎绸。裙下边又把小红鞋儿露，满帮是花，金丝线锁口，五色的丝绒绳儿又把底收……这才

石榴花

是窈窕淑女，君子好逑！

无论穿什么繁复的式样和颜色，女人的衣裳都可以用"石榴裙"来指代。

《博异记》里写了一个灵异故事，讲的是大唐天宝年间，一个叫崔玄微的处士，独处一院，月白风清，三更之后，有几个美女到访，其中一个着绿裳的，姓杨，又有姓李的，姓陶的，还有一个穿红的小姑娘，叫石阿措。

她们各自带着侍女，相约要看望封十八姨。一时之间，封十八姨到了，几个姑娘都奉承着她上座，处士也列于座上，一时之间，主雅客美，满座芳香。

有人既歌而劝酒，这个十八姨却很是轻佻傲慢，酒泼了阿措一身。阿措生了气："你们都求她，我不求她。你们都怕她，我不怕她。"拂衣而起。

十八姨被当众搞个下不来台，拂袖而去。大家还要张罗着追着给她赔礼，阿措却拦住了，说不如求求处士。

处士早就乐于帮忙啦，赶紧拍胸脯保证，一定尽力。于是他就按照她们说的法子，到了一个特定的日子，做了一个朱幡，等东风一起，马上竖起。

果然，这天东风震地，自洛南折树飞沙，而苑中繁花不动。

他一下子明白过来了，原来这些都是花精。那个火暴脾气又穿一身红衣的，就是石榴花。封十八姨，就是摧花折树的风神。

时已五月，在南昌街头，见着灼灼的石榴花，比北方的开得更艳了一个度，像蓝天下碧叶丛间的一个个的火点儿，看上

去要把空间烧穿。

年轻的女子,大约就是这样的张扬明烈,不受委屈。

"眉黛夺将萱草色,红裙妒杀石榴花。"不知道有多少渐渐老去的女人在检点旧物时,会搬出年轻时的颜色衣裳,细细端详,默数流光。好多陈年旧影在心头飘动,遗忘的人和事原来并不是真的遗忘。穿着它们,一个一个的自己在眼前跳舞,越舞越孤独。

可是花必须老。老了,小青石榴才得上线,一点点吸收着光阴鼓胀起来,更鼓胀起来。待得成熟,满树挂起红灯笼。

倘使把这石榴花扎紧口,吹饱气,鼓起来,差不多也就成了石榴果的模样。石榴果真是一种奇葩的果实,碎纷纷的石榴籽,个顶个的粉红色、深桃红色,晶莹欲滴——也有白色的,但是不如粉色和桃色的让人有食欲。每一粒都是大大的核、薄薄的皮。吃一粒不过瘾,吃一嘴要吐一嘴的籽。

怎么把自己搞得这么麻烦!

唐代无名氏有《石榴》诗:

　　蝉啸秋云槐叶齐,石榴香老庭枝低。
　　流霞色染紫罂粟,黄蜡纸苞红瓠犀。
　　玉刻冰壶含露湿,斓斑似带湘娥泣。
　　萧娘初嫁嗜甘酸,嚼破水精千万粒。

这话说得还真形象,可不是嚼破水精千万粒吗!

石榴就是花也鲜,果也艳,看得人心里也有一簇小火苗在跳荡。李商隐亦有《石榴》诗：

> 榴枝婀娜榴实繁，
> 榴膜轻明榴子鲜。
> 可羡瑶池碧桃树，
> 碧桃红颊一千年。

这么一个羞涩的、爱用隐语，说话让人半懂不懂的诗人，难得写这么颜色鲜明的一首诗来。

石榴是中秋时拜月的好水果，和苹果、梨一样，被我奶奶和我娘拿来供奉在月前。我奶奶当年病重，在阳台上萎靡地坐着，晒着阳光，呆呆地瞅着阶前的石榴树。那年我读高二。奶奶没能熬过当年。生命是这样的一种东西，活着时许是曾经鲜艳，许是曾经饱满，如同石榴被憋炸了，咧开了嘴的样子。可迟早会瘪，会萎，会被命运尝尽了你的石榴籽，然后把你细细碎碎的核子吐一地。

甚至还有的人，连石榴都来不及结，躺在四月末五月初的阳光下，带着些黄的红的颜色，渐渐地没了声息。

生命就是这样的一种东西。

就算武则天，她也是这么样的一个结局。她的一生也曾是一朵红红的石榴花，花落了结出石榴果，果子里贮满了艳艳的石榴籽。她也曾经怀春，所以才会写《如意娘》这样的诗：

> 看朱成碧思纷纷，

憔悴支离为忆君。
不信比来长下泪,
开箱验取石榴裙。

她死后终究无一字,给世人立下一块无字的碑。

她是不喜欢这个世界的吧。我发现好些人都是不喜欢这个世界的。我偷偷地许愿说老天爷你要成全我,我下辈子不来了;也视我今生的亲人、爱人、好友、仇敌,都是这一辈子的事,下辈子终不复见,因为我不喜欢这个世界。可是自从网络方便了,却发现好些人都是这个意思。

——自从母亲去世,我知道我的心理出了问题。哪怕已经活到快五十岁,仍旧接受不了至亲的离世。起初发狂的悲痛过去后,心情平复下来,结果就成了一副鬼样子:就像眼前是一壁悬崖,直挺挺地立在边上,想绕过去没力气,想走下去又有些懒得动弹。好吧,那就在跟前立着吧。

后来也不知道怎么的,就逐渐自愈了,就好像不知不觉地从深坑里爬了上来,又开始过起寻常的日子,有了力气上班、下班、逛街、吃饭。人的心,天生的就有自我疗治的能力。

看见石榴花,是有心情再看石榴花的时候发生的事。其实它早就在开,它一直就在那里,我心里看不见它,眼里就看不见它。王阳明说:"你未看此花时,此花与汝心同归于寂。你来看此花时,则此花颜色一时明白起来。便知此花不在你的心外。"

差不多就是这个意思。

我又活了。

花落胭脂冷，饭熟茉莉香

胭脂花
清·陈恭尹

非藤非树漫成窠，对节方茎用若何。
茉莉丛低推特艳，石榴红缀正相和。
缠绵懒蕊珠须短，澹薄微香粉汗过。
不用浪夸颜色好，焉支山下汉儿多。

　　胭脂花啊，花窠就像这首诗里写的，说它像藤吧，它又没有长长的缠绕的茎；说它像树吧，它又没有粗壮的茎秆。它就是一蓬蓬地生长着，和茉莉啊、石榴啊，一起开花。
　　而且花开得又挺缠绵，所谓"缠绵懒蕊珠须短，澹薄微香粉汗过"。
　　可是，谁又能想得到，这么缠绵香艳的花儿，竟是有一个很雷的名字，叫地雷花呢？

无他,它的小种子太像地雷了。

和曼朵花一样,它也是农村的草花,日常种在人家墙脚屋边,绿叶子蓬蓬簇簇,开出喇叭样的小红花、小粉花、小黄花,密密匝匝挨挨攒攒。长长的喇叭柄,长得开开的五个花瓣,花芯里冒出来黄的红的蕊头。有的地雷花也像喇叭花一样,有的花抓破脸,红花缀黄点,黄花渗红点。花儿落了结"地雷",小小黑黑的球样的花种,球面呈纵横交错的纹。指甲掐开,里面是白白的粉。

岁数小,也不知道这玩意儿干吗使,福至心灵地往脸上抹。后来才知道人家另有名字"胭脂花",一方面是色欺胭脂,另一方面就是给女人做脂粉用的。

《红楼梦》里有一段,平儿受了王熙凤的气,被宝玉让到怡红院散心。平儿刚哭过,宝玉细心,就让人替她舀洗脸水,烧熨斗替她熨衣裳。平儿洗了脸,宝玉又请她往脸上搽些脂粉。平儿就去找粉,却不见粉,"宝玉忙走至妆台前,将一个宣窑瓷盒揭开,里面盛着一排十根玉簪花棒,拈了一根递与平儿。又笑向他道:'这不是铅粉,这是紫茉莉花种,研碎了兑上香料制的。'平儿倒在掌上看时,果见轻白红香,四样俱美,摊在面上也容易匀净,且能润泽肌肤,不似别的粉青重涩滞。"

这紫茉莉花种,就是胭脂花种,也就是地雷花的花种。

女人脸上扑的粉,早在战国时期就有,当时用的是铅粉。宋玉《大招》中就有"粉白黛黑,施芳泽只。长袂拂面,善留客只"的说法。除了用铅粉,还有的用米粒研碎后加入香料而成。在宋代,还有以益母草、石膏粉制成的"玉女桃花粉"。在明代,出现了以紫茉莉花籽制成的"珍珠粉"。

地雷花叫胭脂花,胭脂花学名叫作紫茉莉。紫茉莉来自美洲,明熹宗年间由海外传入中原。因为形似茉莉,花多紫红色,故而得名。相传明崇祯皇帝不喜欢宫中女子用铅粉涂面,也不知道是哪个女人发现紫茉莉花种研碎涂脸竟不遭崇祯皇帝反感,于是大家群起效仿。这大概也就是紫茉莉名为"胭脂花"的由来。

到了清朝,乾隆皇帝一日赏玩紫茉莉,大概是觉得此花并不出奇,且也没有闻见这花有茉莉的香味,于是就作打油诗《紫茉莉》一首:

> 艳葩繁叶护苔墙,
> 茉莉应输时世妆。
> 独有一般怀慊防,
> 谁知衣紫反无香。

其实紫茉莉也是香的,只不过不及寻常茉莉那么深浓罢了。他没闻出来,此诗一作,紫茉莉就像受了贬斥,从皇宫内院、高门大户移了出去,于是才来到平民百姓家。

平民百姓家给花起名随意得很,如同给自家孩子起名猫蛋、狗蛋,紫茉莉就不再叫胭脂花,开始叫晚饭花——因为它自夏至冬,开个不了,未开时花朵如同火柴棒,及至开时,则为单瓣、五瓣花,专拣在傍晚时分农人开始做晚饭时才开放,所以就叫"晚饭花"。

至于叫地雷花,是最近几十年的事。

汪曾祺写过一篇小说《晚饭花》，讲说一个叫李小龙的孩子，有一个叫王玉英的邻居。王玉英家正面的山墙脚下密密地长了一排晚饭花。王玉英就坐在狭长的天井里，坐在晚饭花前面日日做针线。

李小龙每天放学，都经过王玉英家的门外，他都看见王玉英。"晚饭花开得很旺盛，它们使劲地往外开，发疯一样，喊叫着，把自己开在傍晚的空气里。浓绿的，多得不得了的绿叶子；殷红的，胭脂一样的，多得不得了的红花；非常热闹，但又很凄清。没有一点声音。在浓绿浓绿的叶子和乱乱纷纷的红花之前，坐着一个王玉英。"

这是李小龙的黄昏。李小龙的黄昏，是既要有晚饭花，又要有王玉英的。

他在情窦似开未开时觉出了王玉英的好看。红花、绿叶、黑黑的脸、明亮的眼睛、白的牙，这是他天天看的一张画。后来，王玉英嫁了。嫁给一个风流浪荡的子弟。一顶花轿把王玉英抬走了。从此，这条巷子里就看不见王玉英了。晚饭花还在开着。他不失落，他只是气愤，觉得这世界上再也没有原来的王玉英了。

晚饭花也不再是原来的晚饭花了。

真的，胭脂会冷，花会落，流年就这么不知不觉间改换。

梨花淡白柳深青

东栏梨花
宋·苏轼

梨花淡白柳深青,柳絮飞时花满城。
惆怅东栏一株雪,人生看得几清明。

  如雪般的梨花淡淡的白,柳树也已长得郁郁葱葱,柳絮飘飞的时候梨花也已开满城。惆怅地望着东栏旁花开如雪的梨树,又有几人能看清这纷杂的世俗人生。

  世俗人生也如"梨花淡白柳深情,柳絮飞时花满城"。这且不去管它,春天来时,确乎是梨花开处雪蒙蒙。

  梨花,没有火灼灼一树榴花照眼明的热烈奔放,没有已是悬崖百丈冰,犹有花枝俏的凛然无畏,没有如面芙蓉的胭脂水粉样的娇媚动人,没有雍容牡丹的贵妃美人般的骄人大气,无非是一树春来时素白的小花,无非是一片晚照中浮着暗香的云霞，无非归人眼中幻化出的故乡的模样，无非是思妇心里跟随征人而去的无法到达的天涯。所以才会有"从此伤春伤别，黄昏只对梨花"的寂寞和无聊；所以才会有"一片春心对梨花"的期盼和失望；所以才会有"雨打梨花深闭门"的哀怨的清愁；所以才会有"情知此后来无计，强说欢期，一别如斯，落尽梨花月又西"的断肠的别离。

相对于雪，梨花的意象更温柔和怨愁，如同开放在雨里的思念和打在头上的那把油纸伞。

年年去到百里之外，河北赵县的那一大片梨乡花海，绕树看梨花。梨花花期不过十来天，来专程看花的人如果踏不正点儿，那便不是恨来早，便是恨来迟。

那里田地种的全都是梨树，清明前后，花白如雪，绵延不断。梨花田里有农人劳作，有看花的人他们也不吃惊。

梨花白白的瓣儿，淡绿的花蕊，花蕊里又冒出白的蕊，蕊头是淡绿的珠。玉白、淡绿，两种最简静的颜色搭配在一起，拈起一朵，向蓝汪汪的天空擎起来，好像能看见梨花说不出口的千言万语。

梨花是一种很静的花。其实乡野的花，梨花、杏花、桃花，还有一些不知名的小草花，都是很静的花。这种静气若是铺天盖地地铺展开来，很容易把人的心思也压静了，一个人静悄悄地在梨树间攀走，看这一朵朵小小的白花绽放在晴空下。花芯是淡绿色的，开满梨花的枝子一转一折的，上得了画。

整整一大块的梨园也上得了画，一棵棵梨树排列得横平竖直，但是枝子横逸斜出，彼此牵手搭起拱桥。横横竖竖地望出去，

梨 花

梨花搭成的横斜错落的拱桥就向远处绵延伸展,尽头是一小洞的天光。

这个时候,心也是静的。无风无雨,青天白日,万树梨花开。清清白白。

梨花适合简静的人看,也适合形容简静的人生。苏轼一生热闹,所以看得见初春时节,梨花也开了,柳叶儿也发了,柳絮也满天飘飞,飞了满城,这个时候,他深觉惆怅,因为东栏的梨花开成一树清明白雪,他的人生却总也纷折跌宕,没有个海晏河清。

晏殊也有梨花诗《寓意》:

油壁香车不再逢,峡云无迹任西东。
梨花院落溶溶月,柳絮池塘淡淡风。
几日寂寥伤酒后,一番萧瑟禁烟中。
鱼书欲寄何由达,水远山长处处同。

"梨花院落溶溶月,柳絮池塘淡淡风。"若是谁家有这么一个院落,院里种着梨花,花开在月下,那是怎样的境界?门外又有池塘,塘边又植着垂柳,柳絮又处处飘飞。这样的景致好得教人心疼。一个人在梨花树下看看月亮,踱到池塘边捉捉柳絮,无所用心,情思安稳。

晏殊年少时就才名在外,十四岁已踏入仕途,一生为官,做的是朝廷重臣。生时手段圆融、处事周全,厌俗崇雅,即便是宴客,也多是请客人赏雪赏花赏诗文。欧阳修说他"富贵优游五十年"，所以虽然晏殊写梨花，拿梨花形容晏殊却不大合适。梨花用来形容苏轼也不合适，它太静了；用来形容晏殊则太素了。可是他们两个却都写过梨花。

梨花是这样一种花，很容易为人所忽视，但是又有很多人不想把它来忽视。所以清代戏曲家李渔也赞它："雪为天上之雪，梨花乃人间之雪；雪之所少者香，而梨花兼擅其美。"李白是大爱牡丹的人，也写梨花："柳色黄金嫩，梨花白雪香。"

青天白日底下的梨花看来干净而安静，自来的素淡动人。如果下雨，乖乖不得了，好像被妖精施法，一下子就变得妩媚动人。所谓"玉容寂寞泪阑干，梨花一枝春带雨"。

——美人不能哭，哭就是梨花带雨！

其实梨本就是中国本土栽培的果树，在《诗经·秦风·晨风》里已经了记述：

鴥彼晨风，郁彼北林。未见君子，忧心钦钦。如何如何？忘我实多。

山有苞栎，隰有六驳。未见君子，忧心靡乐。如何如何？忘我实多。

山有苞棣，隰有树檖。未见君子，忧心如醉。如何如何？忘我实多。

飞鸟从空中掠过，树木郁郁葱葱。见不到心中人儿，心中不由得发出叹息，为什么要把我忘却？

山上有茂盛的栎树，山下有结满榆钱的榆树。心爱之人在哪里，心中早已不知快乐是什么样的，为什么以往甜蜜就这样淡忘？

山上有挺拔的棣树，山下有硕果累累的梨树。我爱之人离我而去，心中忧愁如同喝醉了酒，为什么你把我忘记多时？

"树檖"，就被释为："一名赤罗，一名山梨。其果实较一般梨子为小。"

如今梨树越培植越好，结出的梨子品种也越来越多。

晋人葛洪撰写《西京杂记》记载："瀚海梨，出瀚海北，耐寒不枯。""瀚海梨"指的就是库尔勒香梨，皮薄、肉脆、汁多、味甜、酥香、爽口，且耐储存，印度人称其为"王子之物"；而赵县梨花落了后，结出的梨是雪花梨。除此之外，华北还有鸭梨，果梗处凸起似鸭头；安徽有砀山酥梨；山东有莱阳梨……

梨花可赏，可戴，可折来插瓶；梨可食，可作清供。这样的爱物，怪道人对它心心念念。

不见萱草花

游 子
唐·孟郊

萱草生堂阶,游子行天涯。
慈亲倚堂门,不见萱草花。

门外的台阶旁长出了萱草花,然而远行的游子还在天涯。慈爱的母亲倚在堂前,看儿子种下的萱草花,可是却不见儿子回家。

写过"慈母手中线,游子身上衣。临行密密缝,意恐迟迟归。谁言寸草心,报得三春晖"的中唐诗人孟郊早年贫困,屡试不第,中年丧子,晚年潦倒,一生命运悲苦。他的母亲跟着他也没有享到什么福,还要为这个儿子成天牵肠挂肚。他特在北堂种萱草以慰老母。

萱草别名黄百合,少年读书时便知道,萱草又叫忘忧草,

而且还叫宜男草。

为什么叫忘忧草？因为此草可镇静安眠。有道是有道难行不如醉，有口难言不如睡，睡着了，就什么也不想了，也就没什么忧愁烦恼。李九华《延寿考》就说其"令人昏然而醉，故名忘"。白居易写诗说："杜康能解闷，萱草能忘忧。"孟郊希望母亲不要因为思念他而忧愁伤怀。

至于叫宜男草，晋朝《风土记》中说："怀妊妇人佩其花，则生男，故名宜男。"唐玄宗就命令在兴庆宫中多栽萱草，为得男儿。

闺阁女孩也称"黄花女"，一是言其娇嫩，一是说女孩的好时光短暂，萱草花的花期往往只有一天，英文称它是"day lily"，就是"一日百合"的意思，所以人们也会把好时光已经过去，说成是明日黄花。这里的"黄花"，就是萱草。

有一种菜，也叫黄花菜，又叫金针菜，是萱草中的一种，而且是能吃的一种。它和我们通常玩赏的萱草是有一些区别的。

萱草一般生长在湖泊旁边，或者是海拔较低的地方，喜欢潮湿，耐寒性能强。萱草的花瓣类似百合花瓣，花期长，花色一般橘黄色，有的甚至接近红色。叶丛绿色期长、花径大、单花时间长、株型矮壮。

黄花菜的花朵比较瘦长，花瓣较窄，花色嫩黄。

萱草属中除了黄花菜外，其余的多半都不可吃。玩赏的萱草含大量秋水仙碱，再怎么在热水里烫，吃了也会中毒，要小心。

新鲜的黄花菜也不是能够直接吃的，要在开水里焯过，破坏其毒性。市面上卖的多是干菜，就是把鲜的黄花菜晒干，以去掉其毒性。

相传，秦末陈胜起义前家境贫寒，又身染疾病，全身浮肿，乞食度日。一日，一个妇人蒸些萱草花送给陈胜。陈胜狼吞虎咽，吃完后赞不绝口，不久竟发现浮肿渐渐消退。陈胜称王后，感激妇人，请她进宫。陈胜对佳肴珍馐没有食欲，想再吃一碗蒸萱草花，妇人就给他又蒸了一碗，可是他却难以下咽。妇人说："饿时萱草是山珍，吃腻鱼肉萱草还是草。"

这里的萱草，显然就是指的萱草中能吃的这种金针菜了。而且看来这种菜和它的大科大属的萱草一样，也是有消肿的药效的。《本草求真》谓："萱草味甘而气微凉，能去湿利水，除热通淋，止渴消烦，开胸宽膈，令人心平气和，无有忧郁。"

小时候家里穷，过年过节才有一些新鲜菜吃。这里的新鲜菜，不是鲜菜，而是平时吃不到的菜，比如金针木耳炒肉丝。

金针泡发，在水里舒展成一朵半透明的花样，掐掉老梗，攥净水；木耳泡发，大朵的撕成小朵，也沥净水。猪肉切丝。

到现在还记得我娘炒这道菜的程序：坐锅，放底油，烧热，放入花椒炸香，投入肉丝煸炒，然后放葱姜蒜，爆出香味，倒入酱油，酱油把肉丝染成金红色，然后投入泡发好的金针和木耳，撒盐、放味精，翻炒之后出锅。迫不及待尝一口，肉有酱香，木耳弹牙，金针柔韧，特别好的口感。

我工作之后，每天上下班都要经过一个村庄，两边田地里种的有一种似花似草的东西。未开花的时候似草，一开花便知道它是花，黄色的花瓣，花瓣柔而长，可以算得上花。人家告诉我，这就是金针菜。原来就是它啊。真好看。如今，每次一吃金针炒肉丝，就会想起老母亲。

 029

萱 草

前年，我的母亲得了偏瘫，我快快地拉她到医院。医院里只有我一个人——我也背不动她，也抱不动她。偌大个省级医院，人来人往，举目无亲。

出院后，我送她进了养老院。不上班养不起她，上了班照顾不了她。

可是她越来越不开心，她觉得自己像个弃婴。快过年的时候，我把母亲接回了家。跟着我过吧，实在过不下去，再想想办法。结果她不小心摔到了床下。我看着她小小的个头儿，觉得没什么大不了，就抱着她猛一挺腰，她赶紧阻止："别，你抱不动我！"晚了，我的腰"咔吧"一声，动不了了。

躺了几天，又能动了。继续给她接屎接尿，喂饭擦身。马上要过元旦了，那天下午，我给她收拾好，用温水洗了身子，裹上尿不湿。她舒服了，脑筋也清楚，坐在床上，清清亮亮地跟我说："你也伺候了我了，也给我花了钱了，也给我接屎接尿了。我死了你就不要哭。"

我笑笑，说："好。"

谁知道第二天她就不行了，进入弥留阶段。当晚她就去世了，我的心又给剜了一块，我终于成了孤儿。

我快疼死了。

萱草是好的、软的、暖的，颜色也是亮的，金针做出菜来也香。我愿意母亲活得久久长长。父亲已经去世，有她在，我的生命还有来处；没了她，我的生命只剩归途。以后的年月，再吃起金针菜来，怎么才能不凄凉？

唯有牡丹真国色

赏牡丹
唐·刘禹锡

庭前芍药妖无格,池上芙蕖净少情。
唯有牡丹真国色,花开时节动京城。

庭前的芍药妖娆艳丽却缺乏骨格,池中的荷花清雅洁净却缺少情韵。

只有牡丹才是真正的天姿国色,到了开花的季节引得无数的人来欣赏,惊动了整个京城。

《甄嬛传》里,皇帝的妃子们赏牡丹,皇后摘下一朵簪在发间。华妃嚣张,讽刺皇后戴的牡丹花虽然尊贵,但粉红色为妾室所用,暗指皇后是侧室扶正:"这牡丹花开得倒是好,只是粉红一色终究是次色,登不得大雅之堂,还不如这芍药,虽非花王却是嫣红夺目,这才是大方的正色呢。粉红都是妾室所用,只有正红跟嫣红才是正室所用。其实只要人年轻,簪什么花还要分颜色吗?"

皇后回不出话来,甄嬛看不下去,吟了这首刘禹锡的诗来替她解围,当然也把华妃大大地得罪了。

丰子恺自陈向来对于花木无所爱好,即有之,亦无所执着。虽在旧书里看见过"紫薇""红杏""芍药""牡丹"等美丽的名称,但见时往往失望,不相信这便是曾对紫薇郎的紫薇花,曾使尚书出名的红杏,曾傍美人醉卧的芍药,或者象征富贵的牡丹。他又自言也曾偶游富丽的花园,但终于不曾见过十足地配称"万花如绣"的景象。

但是这样的"万花如绣"的景象,我是见过的。数年前,去洛阳的牡丹园。未到园里,牡丹已经是先声夺人。来接的车上斜插一枝牡丹花,酒店的走廊里摆着牡丹花,房间的瓶里插着牡丹花——都是真花。

及到了牡丹园,嚯,真好,真大。

一眼望不到边。

不是沙望不到边,土望不到边,山望不到边,水望不到边,而是花望不到边。

牡丹花望不到边。

太豪华。

红的、黄的、白的、橙的,居然还有蓝的、绿的、紫的牡丹花。

牡丹花吗,层层叠叠的瓣,这才是正确的。可是居然还有单瓣的,还胆子肥肥的,敢把花瓣张那么大——不怕一阵风来,

把你的大花碗吹翻了吗？

是真的大海碗那么大。所有的花，都开得像大海碗似的，像是劲头太足了，精力太旺盛了，不开这么大憋得难受似的。

也是，人家一年只开这一季，且是在暮春时节。别的花一点点攒的劲头，就趁着第一缕春风，迫不及待地开出花来，只有它忍得过，耐得烦，霸得蛮，等劲头攒得足足的，实在受不了了，才"啪"一下子张开了。

一张开就是一幅画。

车上、酒店的房间里、走廊上，插的花、摆的花，都是洛阳红。紫红红的花，绿蓬蓬的叶，在牡丹园里最常见、最平常。可是搁在别处，人家也是一方诸侯，霸美天下。

除了这样紫红红的花，还有那黄花，只是蕊处有黄，花片远看则有一抹晕黄，近看又若白缎，这样的黄含蓄，不嚣张。

还有紫花，淡紫深紫的花片，娇黄如黄雏鸟喙一样的蕊。

还有那豆绿的花，花片淡绿，嫩蕊娇黄。

李白有诗："一枝红艳露凝香，云雨巫山枉断肠。借问汉宫谁得似？可怜飞燕倚新妆。"到此方知李白真国手，"一枝红艳露凝香"多贴切。"红艳"，最俗的一个词，无它却无以形容牡丹的国色天姿。牡丹花地潮湿，虽是阳光热烈，却仍旧叶片及花片上露珠凝聚，且远远行来，一阵扑鼻甜香，"红"也有了，"艳"也有了，"露"也有了，"香"也有了，真的是"凝"上去的。我若是唐明皇，也要为贵妃心醉，为牡丹心折，果然名花倾国两相欢啊！

唐朝有一个叫王睿的人，不喜欢牡丹，写《牡丹》诗骂它：

> 牡丹妖艳乱人心,
> 一国如狂不惜金。
> 曷若东园桃与李,
> 果成无语自成阴。

他骂牡丹妖艳惑乱人心,招得举国如狂,其实牡丹只管漂亮自己的,又与世人何干,与人心何干。

而人也只是因为爱美,才为牡丹举国如狂,你偏偏又看不上,这不是杠精吗?

人们爱抬杠的少,贪游乐的多,所以北宋时期,洛阳就开始举办万花会。花开时,男女老幼争相四处赏花,人流如潮,车尘遮空,笙歌乐舞其乐无穷。如今见这牡丹园人流如织,这里嗅嗅,那里看看,这朵花前搔搔首,那朵花前弄弄姿,就觉得人心这么多年,就没有变过,此时的牡丹园,仍旧是那时候的万花会的样子。

形容人美,好说美人有出尘之姿,又说有天人之美。可是谁见过仙人出尘的样子?谁又见过天人之美是什么模样?出尘也好,天人也罢,都是人们臆想中来的样子——其实是说真人美得好像假人一样。

牡丹花这真花也美得像假花一样。以前看人家裙幅上绣的,壁上画的,绢纸扎的牡丹花,只觉庸脂俗粉一般的艳,想着世上怎么会真的有这样的花呢,及至真见,才发现真有,万花如绣,倒不如说万绣如花。

牡　丹

姚黄、魏紫是牡丹中的名品，可是等到终于来到姚黄与魏紫的所在，却不禁失望——花盘不大，花瓣不艳，植株亦少，东开一两朵，西开一两朵。可是很奇怪，周围朵朵牡丹朵大花鲜，游人如织争相探看，它们只是静静开在这个万花园里面，却愈看愈让人不敢轻慢。

　　因为它们开得静。

　　深山古寺斜阳，一僧独卧眠床，那种静不算真的静，若是所有美女都在争奇斗艳，描眉画鬟，施脂抹红，却有那么一位两位，朴衣素颜，静立在灯火阑珊处，仿似身边的繁华热闹统统与我无干，这样的静，才是真的。

　　这，大概就是姚黄、魏紫有资格称为花王、花后的原因。

　　其实，我们本地大佛寺的后园里也有牡丹，年年带着母亲和女儿去看。去年看花的时候，偏偏落过几点微雨，天色阴阴的。花叶开得葳蕤。朵大如盘，紫红花盘的就是洛阳红，除此还有粉白的，粉红。规模是小的，但是再小它也是花，说不上花海，说一个花的小湖也可以。花上叶上都有露。

　　空气里都是甜香的味儿，蜜蜂是闻香就扑的，在花丛里飞飞绕绕。一只蜜蜂两只前腿都裹上花粉了，跟螃蟹腿似的，坠得它都飞不稳当了，还在花丛里这钻钻那钻钻。好些个蜜蜂都是这样。

　　今年再去大佛寺的后园看牡丹的时候，我娘已经去世了，牡丹花还是开得有来有去的，而且越发好了。花也是无情的。

　　还有一年，也是看牡丹，去得早了，牡丹开得不多，就是东两朵西三朵的。红紫粉白倒是都有，单瓣重瓣也有。牡丹这

种花是这样,如果不是都开,就不壮观,好像一朵花撑不起来一个春天。

花苞真大,像一只只的小桃子,鼓绷绷的,生命力胀得随时可能裂开。有的花苞已裂,花片挣扎着往外伸,似乎能听见花片努力往外努和伸展时的吱吱声。花苞这个东西,它就算知道开了花也没用,再繁盛最终的结局也是凋零,但是它不开就是不行。你不让它开,它会恨不能把天咬个窟窿。

花苞就是要热闹的,就是要开花的,哪怕到最后枯萎凋零,曾经的芳华繁盛不过是南柯一梦,起码花苞知道自己开了花是什么模样,又见到了什么样的鸟雀和天空,又见到了哪些的游人——游人只知赏花,焉知花朵不曾赏了游人?

及至暮色四合,游人四散,只余花朵三三两两,你知道它们不会交头接耳,互换心得:

"今天那个穿蓝色外衣的游客好胖,她还冲着我使劲拍,好讨厌。"

"嗨,我这边这个游客才讨厌,鼻子都快伸进我的花芯里了。"

"妹妹,还是你漂亮啊,不然也不会有这么多人围着你转。"

"哪里呀,姐姐,到底是你颜色鲜。"

"嗐,快别提了,姐老了,一转眼那些花骨朵就都变成花儿了呀。"

一阵风来,花苞摇摇晃晃,似乎在说:"是呀,是呀。"长江后浪推前浪,一代新花换旧颜。

东风袅袅泛崇光

海棠
宋·苏轼

东风袅袅泛崇光,香雾空蒙月转廊。
只恐夜深花睡去,故烧高烛照红妆。

袅袅的东风吹动了淡淡的云彩,露出了月亮,月光也是淡淡的。花朵的香气融在朦胧的雾里,而月亮已经移过了院中的回廊。

由于只是害怕在这深夜时分,花儿就会睡去,因此燃着高高的蜡烛,不肯错过欣赏这海棠盛开的时机。

海棠有这么好?诗人怕错过花期,宁可高烧红烛,也来欣赏夜色下的海棠花。就是不知道它欣赏的是哪一种品类的海棠。

《红楼梦》里,贾府为了迎接元春省亲,特地盖造大观园,园内一处所在,"院中点衬几块山石,一边种着数本芭蕉;那一

边乃是一棵西府海棠,其势若伞,丝垂翠缕,葩吐丹砂"。贾政带领众门人清客游赏,众人凑趣齐赞好花:"从来也见过许多海棠,那里有这样妙的。"这时候贾政挺得意的,就说:"这叫作'女儿棠',乃是外国之种。俗传系出'女儿国'中,云彼国此种最盛,亦荒唐不经之说罢了。"

这时候,宝玉特地给它一个特别的解释:"大约骚人咏士,以此花之色红晕若施脂,轻弱似扶病,大近乎闺阁风度,所以以'女儿'命名。想因被世间俗恶听了,他便以野史纂入为证,以俗传俗,以讹传讹,都认真了。"众人都摇身赞妙。

为了此一景,有的人就建议提"崇光泛彩",显然是敷着东坡的这句诗来的了。估计东坡所见海棠,也是西府海棠?

不过他们所见的西府海棠,必定不如我们本地当年为拍摄电视剧《红楼梦》盖造的荣国府里的几株海棠——无他,时间长耳。从当初盖造到现在,已经三十多年,海棠已经成树,每年清明前后开花,已经成了有名一景,每到此时,此地游人如织,挤匝不开。

这次是和大学的同学一起游玩,随着人潮一个院子一个院子慢慢地涌,隔着游廊,高高地看见屋脊上耸出一片花云。踱进院里去看,一下子就惊了。

一棵海棠树,柔条万千枝,枝条看不见,满缀玉花蕾。人间千寻海棠瀑,劈头盖脸洒下来。抬头看不见日,被海棠花一手遮住天。就那么野,就那么放肆,就那么壮观。

人们哦哦地惊叫着,围着花转圈圈。真的是转圈圈,左看,右看,上看,下看,前看,后看,踮起脚看,蹲下身子透过镜头看，拈起花枝嗅花瓣。人人都这样。

瀑布一样的柔条往下洒啊，漏下点点阳光。花片玉白却花缘嫣红，一霎时春风吹得开，像小猫小狗眨眼进入妙龄，像小男孩子小女孩子眨眼进入妙龄。妙龄的生物自有它难替的风情，一概如是，一概如是，像一颗青橄榄泡进了爱情的蜜缸。

谁写的"一树梨花压海棠"，未见海棠之先，见诗不过是谐趣，见了海棠，霎时间觉得这是多么残忍的辜负青春。这样的事情叫亵渎，打死也不能叫爱情。

一冬厚重，如今得见轻盈。一冬沉重，如今得见红粉。一冬寂寞，如今得见沸腾。一冬寥落，如今得见美贯满盈。

围这株海棠转半天，方才肯抬眼，方才发现院内还有一棵。

好容易舍得抬脚移步，再进一重院落，又是一株海棠，如前一般。

我的天。

《红楼梦》里，有人巴结宝玉，送他两盆白海棠，这些公子小姐特为起了一个"海棠诗社"，先作了一期咏白海棠的诗，限"门""盆""痕""昏"韵，别人的且不说，宝钗和黛玉的各有千秋。

宝钗的是：

珍重芳姿昼掩门，自携手瓮灌苔盆。
胭脂洗出秋阶影，冰雪招来露砌魂。
淡极始知花更艳，愁多焉得玉无痕。
欲偿白帝凭清洁，不语婷婷日又昏。

黛玉的是：

半卷湘帘半掩门，碾冰为土玉为盆。
偷来梨蕊三分白，借得梅花一缕魂。
月窟仙人缝缟袂，秋闺怨女拭啼痕。
娇羞默默同谁诉，倦倚西风夜已昏。

李纨的评价是，若论风流别致，是黛玉的好；若论含蓄浑厚，则不如宝钗的。她的评价很中肯。论气度，自然是宝钗的气度大些。

这帮少年儿女定是未见过这三十多年的海棠树上长的海棠花，若是见了，不晓得是怎么个情景。

《红楼梦》里的白海棠诗写的海棠也和这荣国府里的海棠不一样。那是"碾冰为土玉为盆"的清净洁白，这里却是宝玉口中的女儿棠的那种"红晕若施脂，轻弱似扶病"。

想当年，唐明皇登香亭，召太真。结果杨贵妃当时正酒醉未醒，唐明皇就命高力士使侍儿扶掖而至。杨太真醉颜残妆，鬓乱钗横，见了皇帝，只拜了一拜，就软伏地上，不能起来。明皇不以为忤，反而喜爱，笑曰："岂妃子醉，直海棠睡未足耳！"于是从此有了"海棠春睡"的典故。

海棠花也确有一股子富贵气，却又不似正牌的大富大贵，用来比作妃子恰合适。

当年《红楼梦》剧组还来学校招募演员扮演侍女，我一个学姐入选，大大的辫子，圆圆的脸蛋，俏俏的红嘴唇。如今这个学姐已经年过半百，满鬓斑白。年年岁岁花亦不相似，因花是依托花树而生，故而年年壮大繁盛，人却是岁岁年年实不同，岁月如流沙，抓不住的流水，带得去的光阴。

我和我的同学们，三十年前，初初相见，芳草鲜美，落英缤纷。一张张海棠花样的面孔，脸蛋白粉，嘴唇鲜红，胸怀鼓动，情芽萌生。如今三十年过去，各自长大和老去在各自的光阴，各有各的离合悲欢，各有各的银丝初现，各有各的胸怀沧桑，各有各的雾满拦江。如今海棠花下再相见，又各有各的霁月光风。

藤花紫蒙茸

紫 藤
唐·白居易

藤花紫蒙茸,藤叶青扶疏。谁谓好颜色,而为害有余。
下如蛇屈盘,上若绳萦纡。可怜中间树,束缚成枯株。
柔蔓不自胜,袅袅挂空虚。岂知缠树木,千夫力不如。
先柔后为害,有似谀佞徒。附著君权势,君迷不肯诛。
又如妖妇人,绸缪蛊其夫。奇邪坏人室,夫惑不能除。
寄言邦与家,所慎在其初。毫末不早辨,滋蔓信难图。
愿以藤为戒,铭之于座隅。

  这首诗里的紫藤,不是正面形象。诗里先是说紫藤好看,开出紫花来是蒙茸的,长出藤叶来是青而扶疏的。然后又说这是一种"害花",因为它向下看吧,枝干像蛇一样是盘曲蜿蜒的,向上看吧,枝子又像绳子一样缠缠绕绕。只是可惜了被它缠住的树，都枯死了。紫藤的柔柔的枝蔓弱不自胜，袅袅地挂在虚空之中。别看它像是只能缠绕别的树木才能生长，事实上一千个人也抵不过它的力气。

又以树喻人，说紫藤先是态度柔和，然后为害人间，就像那种阿谀谗佞之徒。这些家伙附着在君王的权势之上，迷惑了君心，舍不得杀掉他们。又说紫藤还像那种妖娆的女人，蛊惑自家的丈夫，明明邪恶坏了家风，丈夫也舍不得把她祛除。

然后，白居易就寄言世人，无论是国家也好，家庭也罢，一开始就要小心再小心，千万从一开始就能够识清这种小人，不要让他们像紫藤一样，滋生枝蔓，到最后难以根除。

不过，说句公道话，白居易是讥刺世间攀炎附势之徒，或者妖冶惑夫的妇人。可是这些人又与紫藤何干？紫藤，也只不过是攀缘的植物，天生的那么生、那么长、那么开花。

所以世上人以物喻人，借物明志，以物喻物，对于那原初的"物"来说，是很不公平的。但是"物"没有嘴，所以随便你怎么借。

白居易也不知道是不是天生的不待见紫藤，除了写这首诗暗讽他人，还在另一首《伤大宅》诗里，借紫藤隐喻了一把世事无常：

谁家起甲第，朱门大道边？
丰屋中栉比，高墙外回环。
累累六七堂，栋宇相连延。
一堂费百万，郁郁起青烟。

洞房温且清,寒暑不能干。
高堂虚且迥,坐卧见南山。
绕廊紫藤架,夹砌红药栏。
攀枝摘樱桃,带花移牡丹。
主人此中坐,十载为大官。
厨有臭败肉,库有贯朽钱。
谁能将我语,问尔骨肉间:
岂无穷贱者,忍不救饥寒?
如何奉一身,直欲保千年?
不见马家宅,今作奉诚园。

　　这里的"大宅",指的是马家宅。马家宅是唐中期名将马燧家的园林,这首长诗,先是鼓吹了一番马家宅的气派:房多,墙高,风景好,花木盛。说到花木盛,就说宅子里有紫藤、芍药、樱桃、牡丹。至于马家大宅的主人,有钱有势,厨房里的肉吃不完,都臭了,库房里的钱花不完,穿钱的绳子都烂了。

　　然后呢,马燧死后,他的儿子马畅巴结宦官窦文场,结果被唐德宗见怪。马畅惧怕,把园子献给德宗,被废为奉诚园。

　　这个故事其实和"眼见他起高楼,眼见他宴宾客,眼见他楼塌了"是一个意思。大宅子里,种花种树,也种紫藤。结果花啊、树啊、紫藤啊,都属了别人。

　　我们本地有一个王家大院,是北洋政府陆军总长、内阁总理、"北洋三杰"之一王士珍的故居。当初王士珍也曾十分煊赫,他的宅邸分东、中、西三路,房屋众多。如今却是人已不在,

紫 藤

紫 藤

东西别院及部分房屋无存,仅存保存完整的两进中院。这两进中院,前些年还被人用去当了饭店。院子里一架紫藤,已经有好些年月,根茎粗壮,紫藤花叶被搭了架子,铺排了满满一院子。人不在了,花可是还在。

它还被当成饭店的时候,我们曾经去那里吃过饭。雨后天气,紫藤花落一地,湿湿地铺在那里,花片上有零零落落的小雨珠子,像是破开历史,遥遥地从几十年前飘过来,沾在了现实。脚步就不由放得轻轻的,灶上的锅碗瓢盆被厨人弄得响成一片,但是在落满一地的紫藤花面前,明明很近,又很遥远,遥远得闻不见灶上的厨烟,看不见转圈贴着的红枣玉米面的饼子,只觉得一步步踏过去,就像一步步又回了历史。

从此,对紫藤花就种下了执念,只要哪里有它,就觉得哪里天高地阔得好辽远。辽远得让人伤感,又偏偏牵着脚步不停地想要去看。

后来知道除了王家大院,我家乡的一个常山公园也有一架好的紫藤花。那还说什么,走哇。

以前这个公园偏僻荒凉,所以没怎么来过,没想到紫藤已经长得这么粗壮,扭扭绞绞地盘曲在搭好的架子上面,像用几十年的光阴拧起来的粗绳。紫藤的花叶就从架子上垂吊下来,绿的叶,紫的花。花粒子碎粉粉的,一嘟噜一嘟噜,像染紫的槐花。

风一过,花嘟噜随着摆动,鼻子前边飘过一阵香。只知道紫藤经雨好得让人伤感,没想到经风好得让人整颗心都跟着香。

汪曾祺的小说《鉴赏家》里,有一个果贩叶三,和一个画家

季匋民交成莫逆。因叶三懂画，季匋民画了一幅紫藤，问叶三。叶三说："紫藤里有风。"

"唔！你怎么知道？"

"花是乱的。"

"对极了！"

季匋民提笔题了两句词："深院悄无人，风拂紫藤花乱。"

这是真的，风一吹过，紫藤的花是乱的，香气也一阵一阵地乱飘。紫藤确乎如女人，紫藤花也确乎是一种缠绵的花。

自从知道这个公园有紫藤，一年四季就常来探访。春天我来，细雨微花，流云深院，紫藤正花开得好，扭茎交缠。夏天我来，紫藤树阴阴的绿，筛下斑斑的日影，别种的花次第盛放，花香如管弦繁响。秋天我来，水岸边的苇荻正是茂盛，苇荻是一种奇怪的东西，越是长得好，越让人觉得人间荒凉，紫藤的叶子经了秋风，一点一点地变黄。冬天我来，贪的是落在它这园里的雪和冰，雪深埋径，不知道前方曾有何人行走，印下一行深深浅浅的脚印。踏着这脚印走了去，居然可以绕这园子一圈，从幽径到曲桥，再由干枯的紫藤花廊到驻足欣赏枯萎的芦荻的枯黄。脚下即是青色的冰面。

我愿此后日日在紫藤花架下闲步春夏秋冬，见大人谈天说地，娃娃捕蝶捉蛙。此后若许年，年年都能看紫藤花乱。

月季元来插得成

久病小愈,雨中端午试笔四首·其一
宋·杨万里

月季元来插得成,瓶中花落叶犹青。
试将插向苍苔砌,小朵忽开双眼明。

这首诗的大意是,月季原来是能够插枝成活的,当我插在瓶中的月季花凋落的时候,它的叶子还是青的。我就试着把花枝插在苍苔满铺的地上,结果结出来的小小的花朵像人的双眼一样明亮。

月季花的别称为"月月红",很奇怪。红花也是月月红,白花也是月月红,黄花粉花都是月月红,就是有了黑月季,黑月季也是月月红。

说明什么?它是月月开花的,它开的花,大部分是红色的。因为这个名字,还有一段和包拯有关的传说呢!

包拯办事公正、赏罚严明,受人爱戴。他60岁时,皇上要

为他做寿，他却告诉儿子，凡是来送礼的，一概不收。

这天，来了一个人，手里捧了一盆月月红，也就是月季花。包拯之子问他叫什么名字，那人说他叫"赵钱孙李"。

这就很奇怪了。

赵钱孙李说，我本来是姓赵的，我的左邻姓钱，右邻姓孙，对面人家姓李，所以我就叫了一个"赵钱孙李"，说白了，就是我一个人代表四家人一起来给包公上寿，寿礼就是这盆月月红。

为什么要送月月红呢？他吟出四句诗："花开花落无间断，春来春去不相关。但愿相爷尚健生，勤为百姓除贪官。"

包公之子就把这盆花端进去，和写下的那四句诗一起拿去给父亲看。包拯看了，也不避着了，出来道歉，收下这盆花，回赠一首诗："赵钱孙李张王陈，好花一盆黎民情。一日三餐抚心问，丹心要学月月红。"

那盆月月红一定开的是红花，而且红得很正，红得很沉，红得很严肃正经，红得很热血丹心。

这样的红花，在去岁秋天的时候，在一家庭院的栏杆外面见过。已经是深秋黄叶凋零，百花几乎杀尽，只有两朵月季花脸偎着脸，拼着命地伸颈，狂放地盛开在钢蓝的天色和日渐寒冷的秋风下，红得那个正啊。

春天正在一步步地试着步来，大雁又开始新的旅程，野草野菜正悄咪咪地从土里往外拱，山脚处的山桃花开了，女友作了一首诗，最后四句令人哀痛："花开易谢，流水易远，人间最难。在春风桃花里探访青山，不问明年。"不知道那两朵花会不会在同一株枝头上趁着春风开。

月　季

我心里还惦念着那两朵月季花，希望有机会回去看看它们。

月季花的原产地就在中国，姿容美丽，四时常开。西方的月季是从中国传过去的。

在西方，玫瑰、月季、再加上"百啭无人能解，因风飞过蔷薇"的蔷薇，统称 ROSE，是蔷薇科三大美女。玫瑰四五月开花，花单生或簇生于枝顶，叶皱而有刺，仅开两三度；月季无刺而叶平，四季常开，所以月季又叫月月红、月月粉、四季花等；蔷薇花蔓生或者攀缘，花型小，单瓣重瓣都有，一年只夏季开花一次，每簇花六七朵，没有特别浓的香味。

在18世纪80年代以前，欧洲的玫瑰种类很少，据说在18世纪末，有两个品种的中国月季"中国朱红""中国粉"和两个品种的香水月季"中国绯红香水""中国黄色香水"，经印度传入欧洲。当时正值英法两国交战，为了保证中国月季能安全地从英国运送到法国，双方居然达成了短暂停战协议，由英国海军护送，渡过英吉利海峡，把它交到拿破仑的皇后约瑟芬手中——这个传说真动人，无论怎样征战杀伐，爱美的人性犹存。

中国月季传入法国后，与法国和南欧的土生玫瑰反复杂交选育，在1837年培育出杂种长春月季，几十年后又培育出茶香月季。然后是1867年，杂种长春月季与茶香月季联姻，选育出第一个杂种茶香月季品种，那一年被认为是玫瑰（又称现代月季）的诞生年。所以，中国是玫瑰花的故乡。

如今月季已经遍布世界各地，分为中国月季、微型月季、十姊妹月季、多花月季、特大型月季、单花大型月季和藤本月季等。别看月季如此受待见，却并不娇贵，既喜欢温暖凉爽的气候和充足的阳光，也能够承受干旱和严寒，因此，几乎在所有的花卉品种中，月季的花期是最长的。在北方，它能从5月开到11月；在江南，如果生长在朝阳避风的地方，甚至可以常年开放，月月花红。

我国古代一向把玫瑰和月季混为一谈，咏此即是咏彼，名为咏玫瑰，其实咏的却是四季常开的月季。如宋人徐积曾有咏玫瑰诗："叶里深藏云外碧，枝头常借日边红。曾陪桃李开时雨，仍伴梧桐落叶风。"而杨万里是真正咏月季的，写道："月季元来插得成，瓶中花落叶犹青。"

看过一篇文章，说红月季象征爱情和真挚纯洁的爱，白月季寓意尊敬和崇高，粉红月季表示初恋，黑色月季表示有个性，蓝紫色月季表示珍贵，橙黄色月季表示富有青春气息，黄色月季表示道歉，绿白色月季表示纯真、俭朴或赤子之心，双色月季表示兴趣较多。啊，假如你爱我，就送我一朵三色月季吧，因为它表示"我对你一往情深"。

在我的老家有一个大大的庭院，里面种满了月季，也就是"中国玫瑰"。粉白黛绿，红紫纷披。有一种叫怡红院的，打苞时是娇嫩的红色，绽放却露出里面的艳黄，光波流转，看得人心动神迷；还有一种黑美人，暗红近黑色，朵大，花瓣表面一层薄薄的凝脂霜，看上去如同混血的黑美人，玉立当风，倾国倾城。傍晚的微风吹过，无数花枝纷繁错落，颤颤袅袅，花香熏人破禅心。

青青岁蔬

青青蔬甲早寒天,
想像登盘已堕涎。
更欲鉏畦向东去,
园丁来报竹行鞭。

自种畦中白菜

朝中措·先生馋病老难医
宋·朱敦儒

先生馋病老难医。赤米屡晨炊。自种畦中白菜,腌成瓮里黄齑。肥葱细点,香油慢焰,汤饼如丝。早晚一杯无害,神仙九转休痴。

我这个老先生呀,一辈子害馋,老了都馋病难医。大早上给自己熬碗赤米粥,有咱自家种的畦里白菜,收了后腌进瓮里,颜色黄黄亮亮的,取出来剁碎佐饭,特别好吃。切几点肥嫩的葱花,搁香油细细炒熟,倒水烧开,煮出一碗汤面条,哎呀美味。一早一晚的,喝一杯小酒儿,就是让我当九遭神仙,来换我的小日子,我也不乐意。

这小词写得,我都馋了。可是细看下来,朱敦儒自言虽老而馋病难医,而他所馋,无非是把自己种的白菜腌成黄菜,切点大葱,放点香油,煮点面条儿,一早一晚喝上一杯。

除了这一早一晚喝上一杯——我不茹酒我做不到,别的,不就是我正在过的小日子?

米粥、白菜、大葱、面条。

都离不了。

这里不说别的,单说白菜。

据说白菜一直没有名字,一直到了汉朝,才因为可耐霜雪,和松类似,有了这个"菘"的名字。宋人苏颂《图经本草》云:"扬州一种菘,叶圆而大……啖之无滓,绝胜他土者,此所谓白菜。"显然白菜是菘的一种。《南齐书》中记载,名士周颙生活清贫,终日以吃蔬菜为主。文惠太子问他:"菜食中何味最佳?"他回答:"春初早韭,秋末晚菘。"看来他也是白菜的拥趸。

南朝梁简文帝萧纲也对白菜推崇备至,认为吴郡闻名天下的莼菜和蜀郡备受称赞的各种蔬菜,比起白菜都要感到惭愧,而《诗经》中提到了鲁国泮水旁边的芹菜和邠国奴隶常吃的葵菜,比起白菜不过是徒有虚名而已。

苏轼也作诗夸白菜:"白菘类羔豚,冒土出熊蹯。"

白菜在我的印象中,也不见得多么出奇,但是却收获了这么多诗人和皇帝当迷弟。

小时候,生产队专门辟出大块的菜地:细茸茸的、散发着浓烈香气的芫荽,在架子上长长地垂吊着的丝瓜和黄瓜,绿灯笼、红灯笼一样的西红柿,地里东一个西一个缀在蔓上的、蒲墩儿一样的大南瓜……到了深秋季节,风很凉了,整个世界开始草木摇落露为霜,几乎就只剩下大白菜在地上一排排地静立。

有的人家把白菜的叶裙用稻草拦腰捆起来,就像把裙束到齐胸的少数民族少女，白菜叶子在少女的脑瓜顶上一朵朵开得像月季。有的人家主人也不爱打理，就任由它长出一大片一大片的叶子扑散开来，于是整棵白菜就铺了一地，露出芯里娇黄嫩弱的叶子，像舞女穿的那种带波纹暗花的绸子。偏偏这绸子又让人很有食欲，让人恨不得像兔子一样，跳进白菜田里，大吃特吃——兔子吃菜是一种很文雅的饕餮，从叶缘一点点转着圈蚕食，一会儿工夫就吃掉一大片叶子，三瓣嘴一边忙碌着咀嚼，口腔里早散开了绝美的滋味：鲜嫩、肥美、清甜、多汁……

到了晚秋收大白菜的季节，看吧，一家家都用小拉车——现在用三马子，把大白菜一车一车往家拉。粗犷的农妇做菜，拎出一棵来，三下五除二，"嚓嚓嚓"，就剥扔掉了三分之二，单剩下白嫩多汁的菜心。

我们华北平原，白菜豆腐是当家菜。梁实秋写《菜包》："华北的大白菜堪称一绝。山东的黄芽白销行江南一带。我有一家亲戚住在哈尔滨，其地苦寒，蔬菜不易得，每逢阴年倩人带去大白菜数头，他们如获至宝。在北平，白菜一年四季无缺，到了冬初便有推小车子的小贩，一车车的白菜沿街叫卖。普通人家都是整车的买，留置过冬。夏天是白菜最好的季节，吃法太多了，炒白菜丝、栗子烧白菜、熬白菜、腌白菜，怎样吃都好。但是我最欣赏的是菜包。"而菜包的做法，就是取热饭一碗，把蒜酱抹匀在嫩而大的白菜叶子的里面，把麻豆腐、小肚儿、豆腐松、炒白菜丝一起拌在饭碗里，把这碗饭取出一部分放在白菜叶里，包起来，双手捧着咬而食之。吃完一个再吃一个，吃得满脸满手都是菜汁饭粒，痛快淋漓。

白　菜

我没吃过菜包。除此之外，白菜也早开发出了种种的吃法：有的温柔，比如素炒白菜；有的浓香，比如猪肉白菜炖粉条子。尤其是过年的时候，把煮过肉的汤烧滚，十来棵大白菜三下五除二剥光除净，"咔咔咔"举刀十八斩，切成大块，一把细粉条，五花肉切成大薄片，葱、姜、蒜、花椒、大料一概不用放，肉汤里作料全。一笊篱豆腐，一笊篱丸子球，豆腐、海带随便往里扔，一阵猛火烧开，红火舔着锅底，锅里热气翻腾，冲天香阵透长安。

我们家过年的时候，还爱做一种凉拌菜：白菜拌肚丝。白菜只要净帮，竖切成丝，下水焯熟，熟肚切丝，拌在一起。加醋加盐，不能放酱油，否则色泽不美，味儿也不对。这道菜最要命的地方是要放芥末，黄黄的芥末在白菜红肚之间星星点点，吃一口要小心翼翼，不定什么时候就会一阵辣劲直冲囟门，让人流泪，使劲拍，拍——拍脑袋，太辣了！芥末本身是冷辣，配上冷白菜，是绝配，是个性强烈的冰美人，浑身是刺，不好惹。

而且，整个冬天，家里还有糟的"黄菜"吃：我娘好从窖藏白菜里挑出几棵不那么瓷实的，一劈两半儿，把水加花椒大料烧开，放入大白菜，再把热汤和白菜一股脑倒进小菜缸里，小菜缸必须刷洗干净，没有星点油腻，否则菜易坏。盖好盖子，放在阴凉通风的地方，三五天就好了。我娘说这叫"糟黄菜"，很有道理。糟好的白菜黄中透亮，味酸醒口，确是"黄"菜。这大概就是朱敦儒所说的"自种畦中白菜，腌成瓮里黄齑"。

糟好的黄菜用来油泼凉拌，放辣椒油，是可口的下酒菜；炒肉片，就是有名的"酸菜肉"，用来下饭；或是黄菜切丝，肉切丝,先把肉炒得焦香,再放入酸白菜,炒好后起锅,再煮面条,做面卤,就是我们家的酸菜肉丝面!除此之外,若是病了,嘴巴淡淡的,大鱼大肉又不想吃,就做一碗酸菜丝疙瘩汤。汤清如奶,疙瘩小如米粒,上面漂浮细细的酸菜丝,几滴黄亮的香油,就是一碗暖胃赶寒的清淡饭食。清人李化楠的《醒园录》里特地有"做酸白菜法":"用整白菜,下滚汤烫透就好,不可至熟。取起,先时收贮。煮面汤留存至酸,然后烫菜装入坛内,用面汤灌之,淹密为度,十多天可吃。要吃时,横切一箍。若无面汤,以饭汤作酸亦可。"还有一个"又法":"将白菜披开切断,入滚水中只一汤取起(要取得快才好),即刻入坛,用烫菜之水灌下,随手将坛口封固,勿令泄气。次日即可开吃。菜既酸脆,汁亦不浑。"看来这种东西虽然微末,却是代代相传,颇有来历。

  大白菜生吃、凉拌、热炒、焖、煮、蒸、炖无所不可,茎叶肥厚,本身无味,近糖则甜,近盐则咸,近素素净清淡,近肉甘甜肥浓。我在同事家吃过"攘白菜",就是白菜心卷成花状,内里填塞肉馅,上屉蒸熟。

  翻菜谱看到一个好菜名:素心青衣。白菜四片,沸水烫软,冷水过凉沥干;金针菇、香菇、芥蓝烫熟过凉,沥干,将金针菇丝、香菇丝、芥蓝丝用鸡精、盐、核桃油和胡椒粉腌十分钟;再把三丝均匀放到四片白菜叶上,包得像个小笼包,金针菇微露,韭菜系口,入笼大火蒸熟,原汁加鸡精、精盐调味,浇在"小笼包"上。菜品简单,菜名却好,"素心青衣",听起来像唱戏,是那种《锁麟囊》一样的戏,情节虽有大阖大转,味道却是清清淡淡。

除了鲜白菜能吃，有些上岁数的老奶奶，把舍不得扔掉的白菜帮子也捡回来，做成菜来吃。当年我奶奶在世的时候，每年收大白菜时，都会收拾起来许多掉下散落的叶子，洗干净，控水，晒干，层层叠叠收起来。要过年了，我奶奶就把这些干菜拾掇出来，洗净、泡发、剁碎，加上葱花、姜末儿、食盐和一点点肉，拌成馅包饺子吃，放进粉条和冻豆腐，比鲜白菜柔韧，有咬头，倒更好吃。春天青黄不接，家里的大白菜已经消耗殆尽，干菜大显身手的时候就到了，泡发，辣椒干炒，又香又韧，能顶好一阵子。

几十年的人间生涯，细算下来，和白菜分离基本上没有超过一个礼拜。再怎样花样翻新地吃东喝西，也总会想办法要吃一顿白菜猪肉馅的饺子，或者来一碗豆腐粉条熬白菜。

任何时候，白菜都是隐在众多蔬菜里的君子，绝不诱你来吃，绝不求你不要抛弃。你来了，你去了，都随你。终有一天，你还是要回来。流浪的肠胃，最终会怀念最家常的滋味，就像天边的游子，经风历雨，故乡始终占据着最重要的位置。

所以朱敦儒才会吃着这家常的清粥配着白菜腌就的瓮里黄齑，觉得味儿真美。

烹葵邀上客

晚春严少尹与诸公见过
唐·王维

松菊荒三径,图书共五车。
烹葵邀上客,看竹到贫家。
鹊乳先春草,莺啼过落花。
自怜黄发暮,一倍惜年华。

我隐居的地方虽然荒凉,但是长满了松树和菊花。我的家里藏书很多,装起来足有五车。

烹制葵菜邀请尊贵的宾客来欣赏青竹吧,青竹就在我贫穷简陋的家。

这时候春草还刚刚生长,鸟雀已经开始孵卵,鸟雀啼叫着飞过春天刚刚开败的落花。

我们看着春天的美景,自怜自叹自己年纪很老了,一定要

好好享受这美好闲适的时光,加倍珍惜年华。

——可见葵菜差不多是贫寒人家的标志,甚至是隐逸人士用来自标身份的菜蔬。

那么,问题来了,葵菜,到底是什么菜?

它是秋葵吗?

不是的。葵菜是锦葵科一年生草本植物,学名冬葵,民间称冬寒菜、冬苋菜或滑菜。

葵菜的栽培历史可以追溯到公元前 11 世纪的西周时期。《诗经·豳风·七月》中就有"七月烹葵及菽"的诗句,那时候的人已经把葵当菜吃了。

葵、藿、薤、葱、韭为"五菜",葵是"五菜"之首。

春秋战国时,中原地区就已经很普遍地种葵菜,当时还出现过生产葵菜的大户"园夫"。《尹部尉书》是中国古代最早的一部蔬菜园艺专著,里面就有《种葵篇》。北魏贾思勰著的《齐民要术》里更是对冬寒菜的栽培有详尽记述,而且把《种葵》列为蔬菜类第一篇,估计当时它在餐桌上的地位和如今的大白菜差不多。元人王祯著的《农书》干脆直接说"葵为百菜之主"。

到了明代,菜样丰富,葵的地位就逐渐低了下去,甚至于李时珍著的《本草纲目》干脆把它当成草。蔬菜和草之间本就没有明显的分界线,人们爱它,餐桌上少不了它,它就是菜;有后来菜居上,它在餐桌上的地位逐渐下降,就可能被贬入草格。

成王败寇,和人类社会一样一样的。

"冬葵"这个称呼在大约成书于三国时期的《神农本草经》中有过,到现在日本仍旧有"冬葵"的名字。

至于"冬寒菜"这个名字，可见于清道光二十八年（1848）吴其濬著的《植物名实图考》："冬葵，本经上品，为百菜之主，江西、湖南皆种之。湖南亦呼葵菜，亦曰冬寒菜。"

那么，问题又来了，葵菜不是又叫冬苋菜吗？那么它和苋菜是不是一回事？

冬葵（冬苋菜）的学术表述是这样的：

"学名冬葵，别名：冬苋菜、冬寒菜、葵菜、冬寒（苋）菜（西南、河南），皱叶锦葵（华北经济植物志要）。一年生草本，不分枝，高1米；茎被柔毛。叶圆形，5—7裂或角裂，直径5—8厘米，基部心形，裂片三角状圆形，边缘具细锯齿，同时极皱缩扭曲，两面平滑无毛或疏被糙伏毛或疏被星状毛，在脉上尤明显；叶柄细瘦，长4—7厘米，被疏柔毛。花小，白色，不显著，直径约6毫米，常单生或数个簇生于叶腋间，近于无花梗或具极短花梗；小苞片3枚，披针形，长4—5毫米，宽1毫米，疏被糙伏毛；萼浅杯状，连同萼裂长8—10毫米，萼5裂，三角形，疏被星状柔毛；花瓣5，较长于萼片。"

有朋友回忆说，小时候家家户户种冬苋菜，能长到膝盖高，紫绿的大巴掌叶，叶下簇生小花，紫白色。嫩时茎叶皆可食，长老了只能择叶下锅，能够一直吃到来年开春。或者猪油清炒，或者下火锅烫软，入口"吱溜"爽滑，类似于绿色粗软的木耳菜。

似乎我没吃过。

"苋菜"的学术表述如下：

"苋菜又名青香苋、红苋菜、红菜、米苋等，为苋科以嫩茎叶供食用的一年生草本植物，原产我国，长江流域普遍栽培，因

葵菜

其抗性强，易生长，喜热、耐旱、耐湿，且病虫害较少，是大众喜爱的夏季主要绿叶蔬菜之一。

"苋菜为一年生草本，高80—150厘米；茎粗壮，绿色或红色，常分枝，幼时有毛或无毛。苋菜叶片卵形、菱状卵形或披针形，长4—10厘米，宽2—7厘米，绿色或常呈红色、紫色或黄色，或部分绿色加杂其他颜色，顶端圆钝或尖凹，具凸尖，基部楔形，全缘或波状缘，无毛；叶柄长2—6厘米，绿色或红色。花簇腋生，直到下部叶，或同时具顶生花簇，成下垂的穗状花序。花簇球形，直径5—15毫米，雄花和雌花混生；苞片及小苞片卵状披针形，长2.5—3毫米，透明，顶端有长芒尖，背面具绿色或红色隆起中脉；苋菜花被片矩圆形，长3—4毫米，绿色或黄绿色，顶端有长芒尖，背面具绿色或紫色隆起中脉；雄蕊比花被片长或短。胞果卵状矩圆形，长2—2.5毫米，环状横裂，包裹在宿存花被片内。苋菜的种子近圆形或倒卵形，直径约1毫米，黑色或黑棕色，边缘钝。花期5—8月，果期7—9月。"

……哎呀好复杂。

千言万语一句话，它们不是一回事。

冬苋菜我没吃过，苋菜倒是常吃的。

所谓的苋菜，分为绿苋和红苋。绿苋的叶和叶柄绿色或黄绿色，适于春季和秋季栽培，主要品种如湖北的马蹄苋、圆叶青苋、猪耳朵青苋，南京的木耳苋、秋不老，杭州的尖叶青、白米苋，广州的高脚尖叶、柳叶、矮脚圆叶、犁头苋、大芙蓉叶等。红苋的叶片和叶柄紫红色，食用时口感较绿苋软糯，主要品种有杭州红圆叶，广州红苋，湖北圆叶红苋菜、猪耳朵红

苋菜,四川大红袍等。

我们本地的餐桌上,常吃的是野生野长的绿苋,就是野生的苋菜,我们叫它"绿人青"。有人家菜园里种的形如人青而叶片紫红,我们就叫"红人青"。

田地里种豆种麦,地边上就丛丛簇簇,生着一片片的绿人青,刚茁出时细细短短的绿茎,绽开绿绿圆圆的小叶儿三四片。此时不宜采掇,要候它再长一长。它吸着风露朝气,一天换一个模样,不出一个礼拜,就长得植株高起来,叶片也愈加肥大。此时,就下手可以"摘"了。

对,是"摘",而不是"采"。拇指和食指的指尖拢起,尾指上翘,采用绣女捏针般轻轻巧巧的兰花指姿势,专门针对菜尖采而掇之,加以蒜粒,略加清炒,颜色碧绿,色美味鲜。所以虽然摘得费事,也挡不住人想吃它的热情。

红人青比绿人青好看,绿茎红叶,偏偏叶缘又镶着绿边,像巧女刺绣出来的花样。若是红苋炒熟,铺在饭上,雪白的米饭顿时染得通红,色如胭脂。

还有一种说法:"莙达菜,别名忝菜、甜菜、冬葵、葵菜、达菜,为藜科植物莙达菜的茎叶。"

那意思,好像是想将葵菜等同于莙达菜,这个,好像值得商榷。

莙达菜,在我们本地叫作根达菜,油绿油绿的大叶片,肥壮粗实的绿茎,春、夏、秋三季都可采。

根达最壮的时候,一株菜转着圈剥下来的菜茎够吃一顿,如果不够就再剥一棵。把根达菜抱回去,我娘把泛着绿光的大叶子噘里咔嚓全捋掉，染上绿汁的指头也变得十分鲜艳。根达的茎上布着长长的菜筋，为求口感嫩，我娘就把根达茎的根部撅折一小段，把上面连着"筋"一撕到底。然后，她把自己的两个指头间绷一根线，把粗壮的茎从根到顶，唰啦一下，一捋到底，一分二，二分四，再切段来炒。

但是这样我反而不喜欢。我更愿意把最粗最壮的根达茎撕掉菜筋后，不用剖细，直接顶刀切碎，再多多地剥几瓣大蒜，坐锅，放多多的底油，花椒、辣椒、蒜瓣，下根达煸炒，稍加酱油，盐要多放。根达这东西素炒也有荤味，全凭"咸香"二字下饭。馒头、蒸饭、白粥皆可，做面条的卤也行，半面半菜，吃起来香得很。

但是，它和葵菜的描述看起来满不是一回事。

……时光长河滔滔流去，看见苋菜让人想起葵，看见莙达菜也让人想起葵。说到底，也不过是怀念或者试图还原一下从远古传来的那一点舌尖上的滋味，哪怕前尘尽忘，哪怕似是而非。

夜雨共寻园内韭

赠卫八处士
唐·杜甫

人生不相见,动如参与商。今夕复何夕,共此灯烛光。
少壮能几时?鬓发各已苍!访旧半为鬼,惊呼热中肠。
焉知二十载,重上君子堂。昔别君未婚,儿女忽成行。
怡然敬父执,问我来何方?问答乃未已,儿女罗酒浆。
夜雨剪春韭,新炊间黄粱。主称会面难,一举累十觞。
十觞亦不醉,感子故意长。明日隔山岳,世事两茫茫。

  世间挚友好比此起彼落的参星与商星,真是难得相见。今晚是什么日子如此幸运,竟然能与你挑灯共叙衷情?
  青春壮年实在是很快就过去,不知不觉间你我已各自鬓发苍苍。打听故友大半都已逝去了,听到你惊呼胸中热流回荡。
  真没想到阔别二十年后,能有机会再次来登门拜访。当年

韭

握别时你还没有成亲,今日见到你时儿女已经成行。

他们和顺地敬重父亲挚友,热情地问我来自哪个地方。三两句问答话还没有说完,你便叫他们张罗酒浆。

雨夜割来的春韭嫩嫩长长,刚烧好黄粱掺米饭喷喷香。你说难得有这个机会见面,一下子就接连地喝了十觞。

十杯酒我也难得一醉啊,谢谢你对故友的情深意长。明朝你我又要被山岳阻隔,人情世事竟然都如此渺茫!

卫八处士是杜甫的好朋友。好友一别二十年,再次相见,既欢喜又凄凉。好朋友当然是要拿出最好的食物来招待啦,所以割来雨后春韭,烧好黄粱米饭,一举累十觞。

"夜雨剪春韭,新炊间黄粱",使整首诗都散发着一股嫩黄碧绿相间的家常饭的热气腾腾的香气。显然这卫八处士是庄农人家,既不近城镇,村里也没有饭馆,所以只能拔后园里菜蔬招待。而有菜园的人家,韭菜,几乎是必种的。因为这种菜蔬,在黄黄的土地上长出来既鲜翠可喜,又吃起来有一种荤香,且可以一茬一茬地收,收罢了它又一茬一茬地长。这么实惠的菜蔬,怎么可能让它缺席?

《诗经·豳风·七月》里有"二之日凿冰冲冲,三之日纳于凌阴。四之日其蚤,献羔祭韭"的句子,说明《诗经》的时代里就已经有了韭菜。从那时算起,韭菜在我国也已经有三千年以上的栽培历史。在两千多年前的汉朝,就已经开始在温室种韭菜;到了宋代,连韭黄都有了,苏东坡有诗"渐觉东风料峭寒,青蒿黄韭试春盘"。到了清朝中期,开始出现利用风障畦进行韭菜覆盖的技术。如今,哪里没有韭菜的影子?从东南沿海到新疆、西藏、云南、海南、黑龙江、内蒙古……韭菜跑马圈地，把整个中国的国土都给圈了进去。

这还不算，它还跑到外国去。二战后，欧洲一些地方就开始种韭菜了，不过大多数外国人还是不大吃韭菜的，甚至不知道它和草有什么区别。这也是对的，外国人不大吃炒菜，韭菜又不宜生吃和做沙拉，也不能夹在汉堡里面，用处就比中国的窄得多。

有人说同学的爸爸在德国种了韭菜，到了收韭菜的时候，被德国邻居看到，以为他在损坏草坪，就告诉给警察。警察也没见过什么是韭菜，再加上同学的爸爸不太会说德语就指指韭菜，再指指手指头（意思是说壮阳），警察犹豫了好久最后才悻悻地走了。

韭菜壮阳这个说法也对。《笑林广记》讲一人来友人家做客，二人闲讲，说到韭菜壮阳，一会儿友人的妻子不见了，友人去寻，原来在菜园里。问她做什么，她说种韭菜。

所以和尚也把韭菜列为五荤之一，是不能吃的。当然，未必单纯是因为壮阳，会犯淫欲戒的缘故，还因为这种菜的香气浓烈，容易勾人食欲，使人犯贪食的戒。

平常人家不讲究这些，对韭菜的吃法是多多的。比如韭菜炒肉丝，韭菜洗净切段，瘦肉切丝。洗净锅，烧火，坐锅，放底油，放入花椒粒炸香，再把肉丝放进去翻炒至断生，放入葱蒜，略放一点生抽，把韭菜下锅翻炒。本来支棱着的翠而又脆的韭菜逐渐软了下来，香气四溢。此时出锅，可佐饭，可铺在面上做浇头，很家常的香味。

韭菜炒鸡蛋只除了不能放生抽，和韭菜炒肉的程序相似，且又更好看些：黄的鸡蛋，绿的韭，看着就有食欲，更哪堪它还散发着腾腾的热香气。

若是既无鸡蛋又无肉，单炒来吃，也是很重的荤香气，很能把胃哄得满意。

韭菜馅的饺子也好吃，韭菜馅的大包子蒸出来白白胖胖的，也好吃。所以减肥的人韭菜也不能吃，吃了这顿想那顿，吃了上顿想下顿，这肥就减不下去了。有一篇报道，说是在海外的中国人在自家院子种韭菜，给小孩吃，恰巧被外国邻居看到，邻居就报警，说隔壁这家人不给孩子吃饭，让他吃草……主人无奈，请警察和邻居吃了一顿韭菜肉馅的饺子，才算给韭菜证明了它是"菜"的身份。

外国的韭菜不叫韭菜，叫熊葱，有喜欢吃韭菜的外国人说："在英国从来没有韭菜，但是我是个喜欢吃韭菜饺子的外国人，每次想到这里我已经开始流口水了。第一次在中国见到韭菜我以为那是小麦，之后回到英国想吃韭菜饺子去了一些亚洲超市，问了半天有没有韭菜饺子，店员都没听说过，还好超市老板是中国人，就给了我一袋韭菜饺子。"

就像不知道为什么外国人那么不喜欢吃韭菜，也不知道为什么中国人那么喜欢吃韭菜——如果不喜欢吃，怎么会几千年如一日地种下去？好多古代可食的菜如今都已经沦落成草，韭却越来越壮大了。

清人陶澍和老友严如熤久别重逢，喜极吟诗，诗里也有韭菜的影子：

茱萸江上竹篱居，记得儿时迓客车。
夜雨共寻园内韭，春风曾读别来书。
五丁峡逼新探险，二酉山深旧结庐。
犹有同舟佳咏在，剪灯重乞付抄胥。

他想起来两个人小时候一起玩，共同的记忆就是夜雨寻韭。韭菜叶如麦苗而比麦苗鲜嫩，又别有一股子香辣气，用镰刀唰唰地割来，或者用剪刀剪下，头上细雨蒙蒙，家里锅上蒸着一锅黄粱米饭，炒一个韭菜鸡蛋，两个好朋友对坐，喝两杯小酒，作作对，吟吟诗，侃侃大山，聊聊闲天。当时觉得是寻常，别后方知绿韭香。

韭菜长到老了，会抽出粗粗直直的葶，葶上顶着小白花。一层的小白花，采下来，用油炸香，做面卤和浇头，那份焦香，啧啧。更多时候则是把韭菜花捣烂加盐做酱，是真正的"韭菜花"酱，有一种花香，而不是如今市场上卖的韭菜叶子捣烂做的"韭菜花"酱。

《随园食单》里还记有韭合的做法："韭白拌肉，加作料，面皮包之，入油灼之，面内加酥更妙。"

就是说，把韭菜切成末与肉馅搅拌，再加作料，用面皮包好，放进油锅煎。如果面里加些酥油味道就更好吃。

"韭合"是文雅的叫法，其实就是韭菜盒子，或者叫馅饼。这种油煎出来的韭菜盒子好吃是好吃，可惜有点失之于太油腻，可配稀粥和小咸菜冲淡一下口味。

韭合还有一种做法：把韭菜洗净切碎，放入适量的花椒粉和盐搅匀；用冷水和面，水要多，面要软。面醒好后揪成剂子，把剂子擀成薄饼。把调好的馅子摊开在薄饼上，把一枚鸡蛋打在馅子上，把另一张薄饼对齐盖在上面，四边捏实。油擦锅底，把"韭合"轻轻拿起，放入锅内，用文火烙成两面微黄即熟。烙出来的韭合外焦里嫩，咬一口汁水四溢。韭菜和鸡蛋本来就是绝配，味道很美。

所以，待到头茬韭菜下来，不妨做来试试，就当吃春。

若是不加韭菜呢？那就是烙饼了呀，卷大葱或者就萝卜丝小咸菜，一样好吃，就是总觉得少了那么一点味儿。

韭菜是这么一种东西，不适合大盆大碗地一大家子人团团围坐的时候吃它，若是端上一大盆子炒韭菜，大家七手八脚地乱伸筷子，总觉得就有些不适合它的气质。适合二人相对，若好友或夫妻，各自身份简薄，心思安妥，不想大富贵，只愿小团圆，这个时候吃韭菜，真是应了它的名字：但愿人长"韭"，千里共婵娟。

萝卜近蒂染微青

周翁留饮酒
宋·陈著

晓对山翁坐破窗，地炉拨火两相忘。
茅柴酒与人情好，萝卜羹和野味长。
外面干戈何日定，前头尺寸逐时量。
而今难说山居稳，飞马穷搜过虎狼。

白日和山翁相对而坐，对时光流逝浑然不觉，什么时候地炉开始燃起柴薪来了呢。

干脆相对饮酒吧，酒虽村醪，因人情和厚，酒味亦显得好；饭虽粗食，因有萝卜作羹，与野菜一起吃，也显得丰盛。

外面干戈不断，不晓得何日平定，倒不如一时时、一日日地过下去，顺其自然。

只是如今也不能再说山居生涯安稳了，不定什么时候乱兵

079

萝 卜

就会骑着快马飞奔而来，穷尽搜刮而去，凶恶赛过虎狼。

——可怜的百姓，躲进深山都不能逃过战乱，连只能吃萝卜的清苦生涯也不能维持。

萝卜，有谁不知道它呢？它的栽培历史在两千年以上，这么长的工夫，够它扭搭着胖胖的身躯，长遍天下了。公元 10 世纪的时候，萝卜从伊朗引入欧洲大陆，到 15 世纪，就长到了英国，到了 16 世纪，又长到了美国。

至于我们中国，是 13 世纪的时候，从伊朗传过来的。16 世纪的时候，又传到了日本。

萝卜的家族里，有白萝卜、青萝卜、心里美萝卜、杨花萝卜……但是没有胡萝卜。胡萝卜是伞形目伞形科，别的萝卜都是十字花科。

有一首残诗，余韵悠长："钱塘多少富豪家，酒肉如山赏物华。野老入城□□□，□萝卜菜腊梅花。"这里的萝卜，平白地让我觉得是杨花萝卜。大概是因为钱塘风物，不同北地，杨花萝卜与此地风土人情更为投契。杨花飞舞，小红皮萝卜上市，一把一把被菜农捆扎码在地上，供人一斤两斤买回去当零嘴，脆嫩、极水、甜味。若是切细用米醋油盐凉拌，那是开胃小凉吃，就着蛋炒饭或是油条大饼来吃，是绝妙的搭配。

还有一种萝卜，形容不出来，是那种紫红红的芯子，也可生吃——凡是萝卜都可生吃，讲的是运气。运气好的，生吃萝卜不辣，又甜又脆又水；运气不好，吃到辣萝卜，辣出眼泪来，还辣胃。

青萝卜较为常见，就是青青的皮，青青的瓤子，摔地上就

"咔嚓"一声裂开,就有那么脆。生吃最好,凉拌亦佳。近来吃火锅,常有一盘青萝卜作菜,可以煮食,也可以直接拿手一片片拈来吃。

至于大名鼎鼎的心里美萝卜,心里真是美的,生吃的萝卜就数它最美。

白萝卜不必说了,小时候生产队的菜田里除了白菜多,就是白萝卜多,那是北方百姓的看家菜。宋人刘子翚有《园蔬十咏·萝卜》:

密壤深根蒂,风霜已饱经。
如何纯白质,近蒂染微青。

一看咏的就是白萝卜。

"萝卜羹和野味长"中的萝卜,也当是指白萝卜吧,我们古代称为莱菔,日本称为大根的。白萝卜未长成时青碧碧铺展开萝卜缨子,待到长成,就半截萝卜都拱出土来,排着队蹲在地里,像是幼儿园的小朋友排排坐。

出萝卜就是拔萝卜,一棵棵拔起来,堆放地上,再把一棵棵萝卜缨子拧下来,用筐背到田头,由大队会计分给各家各户,于是家家户户都要准备储萝卜。多数人家家里都挖有土井,土井下可存放些土豆白菜。不过为怕萝卜坏,还是要平地上挖坑,把萝卜放坑里埋起来。要吃时起出,萝卜不糠,吃起来仍旧甜脆。还可以把萝卜切片擦丝,背到房顶晒干收贮,及至吃时,冷水泡开,干红辣椒炒萝卜丝,那是美味的下饭菜!

白萝卜最常做的是馅，用礤床擦丝，焯水过凉，去掉特有的恶气味，葱姜蒜切碎，与羊肉拌馅，包饺子可以，蒸包子也可以，是好的饭食。母亲还会做萝卜丝饼，将萝卜丝用少许面和在一起，在锅里烙成油饼。萝卜炖羊肉自然是好菜，炖猪肉牛肉亦是好菜。萝卜白菜同熬一锅菜也是可以。我还爱吃萝卜丝丸子，就是《随园食单》所说的萝卜汤圆："萝卜刨丝滚熟，去臭气，微干，加葱、酱拌之，放粉团中作馅，再用麻油灼之。"素萝卜丝丸子可以直接拿手拈来吃，亦可拿来熬菜时加进去。

萝卜腌咸菜不必说，那是过冬的必备菜。通常一入春天，青黄不接，大白萝卜切成一段一段，腌入咸菜瓮内，捞出来黄亮醒人，咬一口咸个跟头。就饼子、就炸馒头、就油条，都好吃。凉水泡过，去除些咸味，切碎丁炒鸡蛋，更是味美。鲜萝卜腌咸菜好吃，萝卜干咸菜也美味。"陶家瓮内，腌成碧绿青黄；措大口中，嚼出宫商徵羽。"范仲淹少时家贫，却能于日日冷粥黄齑之时，吃出红花绿叶、音韵铿锵的诗意，显出穷老百姓普遍的阿Q精神。

至于酱萝卜，没吃过，袁枚的《随园食单》里有"萝卜"条目里写："萝卜取肥大者，酱一二日即吃，甜脆可爱。有侯尼能制为鲞，煎片如蝴蝶，长至丈许，连翩不断，亦一奇也。承恩寺有卖者，用醋为之，以陈为妙。"

说起来，醋腌萝卜也是好味，现在想想，口里生津。

萝 卜

小园五亩剪蓬蒿

初归杂咏·其六
宋·陆游

小园五亩剪蓬蒿,便觉人迹间可逃。
尽疏珍禽添尔雅,更书香草续离骚。
药苗可劚携长镵,黍酒新成压小槽。
老入鹓行方彻悟,一官何处不徒劳。

当官当久了的人,都有"归"心。回归乡里,有一个五亩小园,种一些时鲜菜蔬,比如蓬蒿啥的,想吃的时候剪一把,用油炒一炒,就觉得这个人间还是能够让人有容身之处的。

至于读《尔雅》,续《离骚》,这是文人的心志,百折而不回,千折而不改的。锄一锄药苗,造一造新酒,老了老了,当过官了才知道,当官其实没啥用。

诗人这是把做官和种菜对比起来,然后弃做官而选种菜。

——种菜里又把蓬蒿拎出来做重点展示,因为蓬蒿本身就是特别低微的一种植物,也是特别低微的民间身份的象征。意思是他不愿意当权贵了,宁可当一介草民。

蓬蒿给人的感觉就忒不豪华。两个草头的字,还乱蓬蓬长得又高,完全是草高林密、山间隐逸的架势。说隐逸是好听,若是壮志不得酬,躲进山里瞎度岁,那就叫困局。所以李白一旦觉得自己有用武之地,马上弃蓬蒿的身份如敝屣,"仰天大笑出门去,我辈岂是蓬蒿人"。

不过蓬蒿菜倒是教人爱:"蓬蒿,菊科。一年生或二年生草本。高达1米,茎矮,枝密,柔软,无毛,淡绿色。叶细线形,对生无叶柄。头状花序,生于枝顶,串形,黄或白色。瘦果形小,稍长,褐色。性喜冷凉,耐干旱,抗瘠薄。野生,嫩茎叶做蔬菜。"

在我的印象中,蓬蒿应当指的是一种野草。

小时家门不远处沙滩上和槐树林里,春光乍起,钻出一蓬一蓬嫩小灰白的叶,平铺在沙上,大人们见了,即教小孩子们念:"三月茵陈四月蒿,五月六月当柴烧。"就这么顺口溜念着念着,自然就知道了这种东西年纪小的时候叫茵陈,可做中药,可泡茵陈酒。唐代孙思邈《千金·食治》载其功能:"安心气,养脾胃,消痰饮,利肠胃。"《滇南极草》则说:"行肝气,治偏坠气痛,利小便。"

茵陈长大一些就变成了蒿子,蹿得高高的,父亲把它们砍回家来,拧成绳,晒干,三股编成粗粗的麻花辫,挂在墙上。晚上蚊虫搅闹,不得睡觉,就取来一根,盘在地上,用火柴点燃。它也不生明火,就那么一股子一股子冒烟,烟气里有一股味,为蚊虫所避忌，人可以在它的烟雾缭绕下勉强入眠。到了五黄六月，彻底长老，药用也没了，气味也散了，就只好砍来当柴烧了。

不过，有人说，蓬蒿不指这种草，而是指的茼蒿菜。

印象中，茼蒿菜是在大约二十年前才出现在我们本地菜市场。菜农把它扎成整整齐齐的一小把售卖，茎长而柔，叶羽状而软。闻起来总觉得它有一股说不清的药味，有点拒人千里的意思，所以一次也没买过。有一次，听同事说起茼蒿美味，尝试着买了一束回去，油盐炝锅，重蒜红椒，颜色青青绿绿，盛在青花的盘里，倒觉得好看。尝一口，很明显的青气味，拿来就白米饭来吃，滋味倒不坏。

袁枚在《随园食单》里说，"取蒿尖，用油灼，放鸡汤中滚之，起时加松菌百枚"，这显然就是指茼蒿菜了：将茼蒿菜的尖儿用油炒，再放进鸡汤中烧煮，起锅时加入一百个松蘑，那显然是众物攒簇，一同出菜，并不是吃茼蒿一种菜的味道，其中鸡汤也有，松蘑的味也有，想不好吃都难。

家常吃茼蒿不必如此费事，吃火锅的时候，也可放进沸腾的锅里，捞出来蘸芝麻酱和别的佐料去吃。亦可滚开水焯过后以麻油醋盐凉拌。倒是用它来炒肉不见得有多么出奇，它的本性是青和清的，荤味杂搅，就像才子发了不该发的财，看上去不成模样，吃也吃不出境界。

茼蒿在它的故乡地中海沿岸是花园里的观赏植物，我们中国人向来是有毛的掸子不吃，有腿的板凳不吃，花瓣花叶均能端上餐桌，茼蒿自然不能逃脱被开发到餐桌上的运气。

茼 蒿

元人王祯的《农书》指出茼蒿"可为常食"。清代还有一本食书，叫《调鼎集》，里面对蓬蒿菜有各样做法的记载：

蓬蒿汁：取汁加豆粉、火腿、笋、芃各丁作羹，色绿可爱，味亦鲜美；

蓬蒿羹：煮极烂，加按扁鸽蛋、鸡油作羹。又取蒿尖，用油炸瘪，放鸡汤中滚之，起时加松菌百枚；

煨蓬蒿：配鸡油煨；

脍蓬蒿：配石膏豆腐丁，加盐、酒、姜汁、鸡汤脍，亦可做汤；

蓬蒿汤：取嫩尖，用虾米熬汁和作料做汤。苋菜同。又配豆腐加麻油、酒、酱油、姜做汤；

炒蓬蒿：配香芃或笋、盐、酒、麻油炒；

酱蓬蒿：蓬蒿去叶用梗腌一日，滚水焯过晒干，入甜酱。又炸过，拌洋糖；

拌蓬蒿：焯熟去水，加芝麻、酱油、麻油、笋丁拌。又采苗、叶焯熟，水浸洗净，油、盐拌拌，加徽干丁；

煎蓬蒿圆：蓬蒿尖剁碎，拌豆粉，加笋汁、姜米、盐剐透作圆，入酒、麻油煎。

蓬蒿因其像菊花，又名"菊花菜"。总觉得此菜杜甫堪吃：若是杜工部来吃，可就没有鸡汤煨之、松蘑伴之，怕也没有重油炒之，只能清水煮之。民间传说杜甫颠沛流离到湖北公安时，贫病交袭，当地人用蓬蒿、腊肉、糯米粉烧制了一道菜给他吃，

杜甫吃后极为赞赏云云,完全是附会。时人肉眼凡胎,谁知他是"诗圣",都当是一个贫病交加的老头子。如今你看看你的周围,有没有流浪汉,你肯不肯做蓬蒿、腊肉、糯米粉烧的菜给他吃?

　　此物惹人乡思,也慰人老怀。所以陆游回到故乡山阴,才会作此一诗。说到底,当官食肉,归乡食素,提笔作诗,无事剪蒿,种种烦琐变成如今的步步简约、满目青蒿。世间有李白仰天大笑出门去,总有别人寂然挂冠归乡来。

相彼芫荽,化胡携来

芫 荽
明·屠本畯

相彼芫荽,化胡携来。
臭如荤草,脆比菘薹。
肉食者喜,藿食者谐,
惟吾佛子,致谨于斋。
或言西域兴渠别有种,
使我罢食而疑猜。

想那芫荽菜,是胡人带过来的。
它的香味如同荤草,脆美又堪比白菜。
吃肉的人喜欢吃它,吃菜的人也与它脾胃相谐。
只有我们这佛门弟子,不敢用它来吃斋。(香菜被列为"五荤"之一,和尚不能吃,怕破戒。)

  有人说在西域之地除了它,还有别的滋味美妙的菜品,使我停下筷子而心怀疑猜。

  芫荽,就是香菜。它还有盐荽、胡荽、香荽、延荽、漫天星这么些个名字,一看就是周游世界的外来户,到哪儿都被人赏个名字,安个昵称,以示接纳,以示待见。

  之所以叫胡荽,一看就知道是从胡人那里传过来的。唐代《博物志》载,公元前119年,西汉张骞从西域引进。后来,十六国时期的后赵皇帝石勒认为自己是胡人,胡荽听起来不顺耳,下令改名为原荽,后来演变为芫荽。盐荽嘛,差不多是芫荽的谐音。

  之所以叫香菜,或者香荽,无他,实在是,它太香了!

  小时候家家都分有菜地,但是芫荽却很少种在菜园,就在自家房前屋后,随便辟上巴掌大一块小田地,春天或者秋天,撒上一层虮子一样细小的芫荽籽,用耙子耙平整,待一段时间,毛茸茸的芫荽就长了出来,茎细叶柔,喝开水都能揪两片叶子一冲,一股奇香。这股子香味儿,有人能消受,有人消受不了。我娘自幼丧母,跟着哥嫂过日子。嫂子是不大会照顾到她的口味的,她偏偏不爱吃香菜,可是香菜大批下来的时候,嫂子就会葱丝、辣椒油拌香菜碎,一股子冲天的香气,熏得她吃不下饭去。吃不下饭得饿着,饿得受不了了,在菜园子里干活,想着这样不成的,就干脆掐下一两根长长的香菜茎放在嘴里嚼着。

  嚼啊嚼啊,居然就对这个香味能接受了。

  所以后来,我对母亲的印象,就是她不但能吃香菜,而且爱吃香菜了。

芫荽

爱吃到什么程度呢?

我的女儿今年也有二十四岁了。当年她还是一个穿着一身绿色连体的小衣裳、睡在床上的几个月大的小婴儿时,母亲来我家小住。当时,正值香菜大批下来的时节,她居然花一块钱买了一大捆回来。然后我去买了二斤牛肉馅,包了一顿香菜牛肉馅的饺子。

母亲把香菜洗得干干净净,顾长梃翠,用刀细细锉碎,一股奇异的香气弥漫了整幢房子,让人心旷神怡。拌上红红的肉馅,还放了点银白成片的虾皮,我和母亲坐下来包饺子,先生和父亲在一旁坐着说闲话,父亲手里老拿着旱烟棒,一会儿卷一根,一会儿卷一根。透过门缝看进去,女儿像一只小青蛙,举着双手摆着投降的姿势,睡得甜甜的。

母亲包饺子很细致,小,吃起来一嘴一个,还必得把饺子包上花边。盖帘上被母亲排成一个个同心圆的饺子圆鼓鼓的,整整齐齐,个个神气。煮到锅里更像极了被赶下水的一群小白鸭子。

饺子出锅,蘸上香醋,香菜特有的浓烈的香气和醋香混在一起,直吃得人欲罢不能,让我一直记到现在。

如今孩子已经长大,父亲和母亲也都已经过世,中间隔了那么长的曲曲折折的日子,我也渐渐老去,再没有人给我包那样的芫荽牛肉馅的饺子了,而我似乎也没有了能克化牛羊肉的胃。当初人与心俱嫩,如今香菜的香味一如既往,一碧如洗,我两鬓染霜,心里头下雪。

《齐民要术》中有"种胡荽"的条目:

胡荽宜黑软青沙良地，三遍熟耕。树阴下，得；禾豆处，亦得。春种者用秋耕地。开春冻解地起有润泽时，急接泽种之。

种法：近市负郭田，一亩用子二升，故概种，渐锄取，卖供生菜也。外舍无市之处，一亩用子一升，疏密正好。六、七月种，一亩用子一升。先燥晒，欲种时，布子于坚地，一升子与一掬湿土和之，以脚蹉令破作两段。多种者，以砖瓦蹉之亦得，以木砻砻之亦得。子有两人，人各着，故不破两段，则疏密水裹而不生。着土者，令土入壳中，则生疾而长速。种时欲燥，此菜非雨不生，所以不求湿下也。于旦暮润时，以耧耩作垄，以手散子，即劳令平。春雨难期，必须藉泽，蹉跎失机，则不得矣。地正月中冻解者，时节既早，虽浸，芽不生，但燥种之，不须浸子。地若二月始解者，岁月稍晚，恐泽少，不时生，失岁计矣；便于暖处笼盛胡荽子，一日三度以水沃之，二三日则芽生，于旦暮时接润漫掷之，数日悉出矣。大体与种麻法相似。假定十日、二十日未出者，亦勿怪之，寻自当出。有草，乃令拔之。

菜生三二寸，锄去概者，供食及卖。十月足霜，乃收之。

取子者，仍留根，间拔令稀，概即不生。以草覆上。覆者得供生食，又不冻死。又五月子熟，拔取曝干，

勿使令湿，湿则裛郁。格柯打出，作蒿篅盛之。冬日亦得入窖，夏还出之。但不湿，亦得五六年停。

一亩收十石，都邑粜卖，石堪一匹绢。

若地柔良，不须重加耕垦者，于子熟时，好子稍有零落者，然后拔取，直深细锄地一遍，劳令平，六月连雨时，稆生者亦寻满地，省耕种之劳。

秋种者，五月子熟，拔去，急耕，十余日又一转，入六月又一转，令好调熟，调熟如麻地。即于六月中旱时，耧耩作垄，蹉子令破，手散，还劳令平，一同春法。但既是旱种，不须耧润。此菜旱种，非连雨不生，所以不同春月要求湿下。种后，未遇连雨，虽一月不生，亦勿怪。麦底地亦得种，止须急耕调熟。虽名秋种，会在六月。六月中无不霖，遇连雨生，则根强科大。七月种者，雨多亦得，雨少则生不尽，但根细科小，不同六月种者，便十倍失矣。

大都不用触地湿入中。生高数寸，锄去者，供食及卖。

作菹者，十月足霜乃收之。一亩两载，载直绢三匹。若留冬中食者，以草覆之，尚得竟冬中食。

其春种小小供食者，自可畦种。畦种者一如葵法。若种者，接生子，令中破，筥盛，一日再度以水沃之，令生芽，然后种之。再宿即生矣。昼用箔盖，夜则去之。昼不盖，热不生；夜不去，虫栖之。

凡种菜，子难生者，皆水沃令芽生，无不即生矣。

作胡荽菹法：汤中渫出之，着大瓮中，以暖盐水经宿浸之。明日，汲水净洗，出别器中，以盐、酢浸之，香美不苦。亦可洗讫，作粥清、麦末，如、芥菹法，亦有一种味。作裹菹者，亦须渫去苦汁，然后乃用之矣。

从种到收，连吃法都有了。只是我从来不曾种过香菜，也不了解种香菜居然有如此复杂的程序。总觉得为了种它，不大至于。说到底不过是一味配菜。家里来客，做鸡蛋汤，汤里可放芫荽。煮面条，面条卤里也可放芫荽。去外边的小店吃牛肉罩饼，饼碗里也可放芫荽。有它的确万物都可香一些，无它，不也是菜照做，饭照吃？

但是不行。

人们就是要种它，就像穿的衣裳要绣花边，穿的鞋子要做云头，手腕要戴镯钏，颈项要戴金银珠玉的链子。生活的本真是一个样子，给生活的本真镶上装饰，则是人们装点生活的巧门楣。

青青芥菜

肃翁饷石门芥菜
宋·刘克庄

食指清晨动，馋涎异味来。
高情分石芥，辣性似徂徕。

我一大早就有点犯馋，想吃点不一样的菜。恰好承朋友高情，分我一些石门芥菜，吃起来辣辣的，有点像从徂徕而来（注：这一句无法考证确实，所以不能确定是辣性像是徂徕，还是辣性像是从徂徕而来的芥菜）。

在我的印象里，芥菜有两种，一种是吃茎和叶的，一种是吃根的。吃茎和叶的，就是雪里蕻；吃根的，就是芥菜疙瘩。雪里蕻不辣，芥菜疙瘩是辣的，所以我觉得刘克庄的这首诗里写的石门芥菜，应当是指芥菜疙瘩。

芥菜疙瘩这种东西，就是天生的腌货。小时候常吃的咸菜，就是它和白萝卜。白萝卜咸菜脆,疙瘩咸菜艮。白萝卜咸菜盐水腌得好吃,芥菜疙瘩则要吃五香面裹的,上学的时候,昵称它为"五香疙瘩头"。

常有卖咸菜的推着一小推车的盛装各种咸菜的桶来校园里卖,其中就有这一味,都已经事先在疙瘩头上横横竖竖地切好了片,买回去,一片两片地撕下来,就食堂里卖的油炸隔夜馒头片来吃,别有一番风味。

芥菜疙瘩好比大脑袋,所以又叫芥菜头,芥菜疙瘩也叫大头菜。汪曾祺写:"昆明谓黑大头菜为黑芥。袁子才以为大头菜偏宜肉炒,很对。大头菜得肉,香味才能发出。我们有时几个人在昆明饭馆里吃饭,一看菜不够了,就赶紧添叫一盘黑芥炒肉。一则这个菜来得快;二则极下饭,且经吃。"而且五香芥菜疙瘩倒是滋味不坏,拌些麻油醋极能下饭。

我娘还用芥菜疙瘩的缨子糟过黄菜。那是春末夏初时节,天气已经热将上来,把疙瘩头从缨子上拧下来,准备腌咸菜吃——这是我家乡的传统吃法,否则真不知道种这芥菜疙瘩还有别的用处没。缨子照理说是扔掉的,人家地里扔的东一扑撒西一扑撒的全都是这绽青碧绿的叶子,任由它在田地里渐渐地黄萎。我娘偏不,我也忘了要不要把这洗净的芥菜缨子用开水焯一下——估计是要焯一下的罢,或者是直接把生的翠绿缨子切碎,直接扔进盛着开水的洁净的锅里,锅要不着一点油星儿,否则菜易坏。

扔进去便不用管它了,有时或许再浇上两勺米汤,然后过了两三日、三四日,启盖来看,叶子已经变黄,有了淡淡的酸味。这时候从地里劳作回来的人,用洁净的饭勺连汤带菜地舀起一

 *099*

芥 菜

碗，直接呼噜呼噜连吃带嚼地咽下去，就是图的吃它那一股淡淡的酸气，特别的解暑醒脾。

——今年出差，路经山西阳泉，在市中心一家馆子里吃到一碗酸菜凉粉。凉粉不用说，山西凉粉本来就好吃，筋道柔韧，色白如玉；酸菜就是芥菜丝和芥菜的菜缨子，在糟的酸菜汤里漂着，浮浮沉沉。喝一口酸菜汤，久违的滋味；尝一口酸菜丝，差点泪下来。没有吃到这样纯正的酸菜，如许年矣。

至于知道雪里蕻也叫芥菜，已经是我工作以后的事了。它算是后来才传入我家乡的一种蔬菜。初冬时节，有推着小车卖菜的，推满满一小车青翠的菜，长长的茎子，特别青碧的叶，叶缘皱皱叠叠的带锯齿，问之名曰"雪里红"，当时小雪星星点点地飘下来——怪不得叫"雪里红"。可是为什么叫"红"呢？

后来才知道它的学名叫雪里蕻，"红"是随口说来的俗字。

估计雪里蕻也不如芥菜疙瘩在我们国家的历史长久。芥菜在中国的食用已经有六七千年的历史，在西安半坡遗址（距今七千年历史）出土的瓦罐里就发现了芥菜种子。西汉初编纂的《礼记》就提到芥酱（芥末制品）。白居易为请韬光禅师喝茶，专门写了一首诗：

    白屋炊香饭，荤膻不入家。
    滤泉澄葛粉，洗手摘藤花。
    青芥除黄叶，红姜带紫芽。
    命师相伴食，斋罢一瓯茶。

他做了喷香的白米饭,又用藤花、青芥、红姜做了一席好素菜,请禅师一起吃,吃完了再喝一杯清茶。

而直到清代,才有一个叫李邺嗣的诗人写到雪里蕻:

> 翠绿新齑滴醋红,嗅来香气嚼来松。
> 纵然金菜琅蔬好,不及吾乡雪里蕻。

袁枚的《随园食单》里写的冬芥,就是雪里蕻,这是他自己说的:"冬芥名雪里红。一法整腌,以淡为佳;一法取心风干、斩碎,腌入瓶中,熟后杂鱼羹中,极鲜。或用醋煨,入锅中作辣菜亦可,煮鳗、煮鲫鱼最佳。"

大冬天的,外面大雪纷飞,我娘糟来一大坛的雪里蕻,冬天里来一碗,那真是凉透齿,浸透脾,爽到了骨子里,眼睛都亮起来,好像能照射一千里。

可是,其实糟出来的雪里蕻黄菜,并不是让这样吃的,谁老是有那样的肠胃!它是让炒来吃的。雪里蕻不是切碎来糟腌的,是整根整根地糟腌。它的长茎生时鲜脆,一撅即折,腌过后变得柔韧,牙撕不烂。我爱拿那么一两根往嘴里填着吃。切碎后用干红辣椒炒来吃,酸辣开胃。也可肉炒,也可鸡炒,用来下饭也可,做面浇头也可,都好吃。那是相当的好吃。雪里蕻又称雪菜,饭馆里专门有一道雪菜肉丝面,就是用雪菜炒肉丝做浇头的面。

芥菜疙瘩也罢,雪里蕻也罢,当初在菜园子里,都是青青碧碧,招招摇摇。当时也不会觉得怎样,如今想想,最是那满眼招摇的青碧教人忆念。

我是一棵菠菜,菜菜菜菜菜菜

春 菜

宋·苏轼

北方苦寒今未已,雪底菠棱如铁甲。
岂如吾蜀富冬蔬,霜叶露牙寒更茁。

北方苦寒,如今都不曾回暖。雪底下的菠菜如同裹了一层铁甲。

此地哪里比得上我的故乡蜀地冬天蔬菜多样,但是顶着霜雪露出叶芽的蔬菜,越冷,越茁壮。

看起来,东坡生活的时代,菠菜就有了。

菠菜,原产于波斯,最早是被摩尔人引进西班牙,然后在欧洲广泛传播,此后又传播到世界各地。唐贞观二十一年(647),尼泊尔国王那拉提波把菠菜从波斯派使臣送到长安,献给唐皇,当时中国称菠菜产地为西域菠薐国,所以菠菜又被叫作"菠菠菜",所以苏轼才会说"雪底菠棱如铁甲"。后来又把它简称"菠菜"。

　　我印象里,菠菜春秋两季皆可种,夏天和冬天好像也能种,但是人们种得少。春菠菜和秋菠菜刚钻出土来的时候,天气水水凉凉,叶片嫩绿而凉凉,特别能招引人的胃口。拔一把回家去,洗净根上的泥土,烧开水把菠菜烫一个翻身,可煞奇怪,原本青脆的茎叶一沾热水,马上就变得嫩软,不等开锅就得赶紧捞出过凉,然后就可以凉拌。和海米凉拌也可以,和粉丝凉拌也可以,和熟肉拆的肉丝凉拌也可以。

　　小时候,一到过年,"菠菜凉拌馇子肉"是我的最爱。"馇子肉",就是年肉煮熟后,从棒骨和排骨上拆下来的瘦肉,香而不腻,柔韧耐嚼。把它顺着筋络撕开,和烫好的菠菜拌在一起,精盐味精伺候,还少不了黄芥末。屋外天寒地冻,大雪纷飞,屋里人一筷菜,一杯酒,菠菜柔软清香,肉丝筋道,冷不防吃到一口芥末,酷辣直冲囟门,忙不迭拍脑瓜顶。

　　冬春之际的菠菜最鲜嫩,经了秋霜的菠菜也清纯,像新剥开的笋。开水烫过,粉丝、海米凉拌,绿白相间,冰雪聪颖。经霜的菠菜还可用来油泼:也是把菠菜烫过,然后过凉,沥水,装盘,抟尖,将干辣椒碎、花椒、盐、芝麻撒其上。油加热,倒在盘中的菠菜上,"嗞啦"有声,瞬间将干辣椒和花椒、芝麻爆香,然后用筷子把菠菜塔尖推倒,拌匀即成。

　　时序初夏,菠菜越长越丰肥茁壮,叶片黑绿油亮,茎也粗如婴儿的手指样,这个时候,再用来凉拌就不合适了。这个时候的菠菜适宜素炒,放上粉条,口味柔软清净;也可不加油,

菠　菜

用开水和着豆腐来煮，只放少许花椒或姜丝。我娘把新鲜菠菜叶入开水略焯捞出，晾凉后与面粉掺糅，揉至面团完全变成绿色，稍"醒"，再揉，擀好，面条碧绿透亮，入开水锅，煮熟捞入碗中，炸辣椒油，烫豆芽丝，再调入味精、香醋，面条翠绿，筋滑鲜香。

因为菠菜根是红的，所以每次拔了菠菜回家，都能想起那个有名的"金镶白玉板，红嘴绿鹦哥"的典故。

乾隆下江南，一日走到肚饿，借一户庄上人家歇脚。农妇见来了一个官家，就到田里拔了一把菠菜，把豆腐切块煎黄，与菠菜同烧，乾隆吃了一大碗，深觉美味，问农妇此菜名何，农妇随口说："金镶白玉板，红嘴绿鹦哥。"这菜就这么流传下来了。

《随园食单》里也写到了"金镶白玉板"："菠菜肥嫩，加酱水、豆腐煮之。杭人名'金镶白玉板'是也。如此种菜虽瘦而肥，可不必再加笋尖、香蕈。"

此菜家常，我家里也是常做。左右不过菠菜是主角，再安排些豆腐、粉条、粉丝等配角陪着它唱念做打，支持餐桌。偏偏它又是个安静温柔的性子，所以并不抢戏，有它衬着，豆腐也是好吃的，粉条粉丝也是好吃的，就连炝锅的蒜瓣都是香的。

袁枚说它"虽瘦而肥"，即可以理解成象形，说它的茎细长而叶肥嫩，也可理解成这菜的菜性，虽是素菜，却给人肥嫩的感觉，也因此而不必再加笋尖、香菇点缀，自然就能吃出一股荤意来。

蔬菜也是有性别的，且各有脾气性格。羊角葱新鲜刮辣，与通红小辣椒都是乡里妹子；青椒是八十万禁军教头林冲，五爪朝天椒是李逵；土豆是戴草帽的农人，白菜是方巾儒生，迈着八字步，清和平正；菠菜初上市，是"静女其姝，俟我于城隅"的静女，你看它左土豆右菜花，陷身一大堆男士当中，前呼后拥，有点爱娇，有点爱俏，有点甜丝丝的爱情味道。

——这么柔软娇嫩的菠菜，谁又不愿意成全它的美丽呢？可是她却是内里有风骨的，不怕冷，愈下雪油绿着叶子越发精神。所以苏轼才会写它"北方苦寒今未已，雪底菠棱如铁甲"。披着铁甲也是披着铁甲的女娇娥。古天乐演的《河东狮吼》里，他上台唱歌："来来我是一棵菠菜，菜菜菜菜菜菜……"完了，脑子里开始无限循环了。

诗人独行嗅茴香

和柳子玉官舍十首·茴香
宋·黄庭坚

邻家争插红紫归,诗人独行嗅芳草。
丛边幽蠹更不凡,蝴蝶纷纷逐花老。

邻家的人都争着头上插着红的花紫的花,诗人我呢,只喜欢一边独行,一边嗅芳草。你看那花丛边的小虫子更不得了,蝴蝶们纷纷地绕着花飞,一直到老。

——这个诗人也是的,邻人家你掐一朵红花,我掐一朵紫花,插在头上回了家,他偏偏追着一丛草翕着鼻翼嗅来嗅去的——这芳草显然是茴香,要不然他的诗题就不会带出"茴香"二字了。

也难怪他追着嗅,茴香确乎是香的。

《本草图经》里说:"……三月生叶,似老胡荽,极疏细,作丛,至五月高三四尺;七月生花,头如伞盖,黄色,结实如麦而小,青色,北人呼为土茴香……八九月采实,阴干。今近地人家园圃种之甚多。"

不光是他们那个年代人家园圃种它,现在的人也爱种它。尤其是农人的菜园,如果不种些葱、芫荽、豆角、茄子、茴香,就没资格称菜园了。

葱有葱的香,芫荽有芫荽的香,茴香有茴香的香。一个香字千般样,别的香我都能消受,唯有这茴香的香消受不了,是一股说不上来的很冲的味道。连带它的模样我也怕。菜叶是茸的、软的、细的,茎秆深绿,有细纹,半透明。看见它我就别转脸,怕它吃了我。不喜的菜也有,像葫芦什么的,还有洋葱头,但是不喜欢到不敢正视的,就只有它这一个。

母亲在的时候,爱拿茴香包饺子,配猪肉馅也可,配鸡蛋馅也可。反正旧日给我的印象,茴香就是做馅儿的货。大家都吃得呼噜呼噜地不亦乐乎,我躲得远远的,哎哟,它那股子蓬勃而出的香气哟。

林清玄有一篇文章,叫《生活的香》,讲述他在寺庙吃过一次炒茴香的经历:

> 茴香是我在南部家乡常吃的菜,在我们乡下称之为"客家人的芫荽",因为客家人喜以茴香做菜。自从到台北,我就再也没吃过茴香了,如今见到茴香的样子,闻到茴香的气味,竟有说不出的感动。一般人都知道茴香的籽可以做香料、做卤味,却很少人知道茴

香的叶子做菜,是人间至极的美味。茴香是多年生草本植物,可以长到与人等高。它的叶片巨大,散开呈丝状,就仿佛是空中爆开的烟火。茴香从根、茎、叶、花到籽都有浓烈的香气,食用的时候采其嫩叶,或炒,或做汤,或沾面粉油炸成饼,都会令人吃过即永不能忘。

河北人家,炒茴香的还是少的。不过本地饭店有炸的茴香丸子,多多的茴香菜叶,少少的面粉,团在一起,油锅炸熟,即时出锅,热烫焦香,这个倒可以略略下嘴。还有茴香菜辣椒粥,就是白面糊糊搅拌上一点茴香菜叶,炝油锅,下锅煮熟,可用来蘸馒头,这个也可略略下嘴。若是由它来唱主角,便能教我瞪眼干着急。

明代植物图谱《救荒本草》对茴香的描写更接近说明文:

今处处有之,人家园圃多种,苗高三四尺,茎粗如笔管,傍有淡黄袴叶,拼茎而生。袴叶上发生青色细叶,似细蓬叶而长,极疏细如丝发状。袴叶间分生叉枝,梢头开花,花头如伞盖,黄色。结子如莳萝子,微大而长,亦有线瓣……采苗叶炸热,换水淘净,油盐调食。这么说起来,茴香亦是可以油盐凉拌的,爱吃茴香菜的朋友可即时一试。

我们本地人说茴香,是称呼它为"小茴香"的,既有小茴香,就有大茴香。《本草纲目》讲："茴香宿根深，冬生苗，作丛，肥茎丝叶，五六月开花如蛇床花而色黄，结子大如麦粒，轻而有细棱，俗呼为大茴香，今唯以宁夏出者第一。其他处小者，谓之小茴香。"

不知道我母亲口里指的"小茴香"，和这本书里说的是不是一回事。

反正在我的印象里，和小茴香相对的大茴香，指的是家里厨灶头调料罐里装的八角大料。大料，又称八角，它就是大茴香。这种大茴香已经脱离菜蔬的范围了，这家伙的香味更牛气，除非炖菜炖肉，或者包饺子、蒸包子，一般菜蔬的做法不敢请它出场。

小茴香的苗叶我虽吃不得，但它的香籽我倒是喜欢吃的，它也是调料，炒菜的时候放几粒，特别香。街上卖羊肉串，烤好之后撒的料里，就有茴香子磨的粉。天生一物，总不至于让它处处都把人欺负住。

八角茴香

饭煮青泥坊底芹

崔氏东山草堂
唐·杜甫

爱汝玉山草堂静,高秋爽气相鲜新。
有时自发钟磬响,落日更见渔樵人。
盘剥白鸦谷口栗,饭煮青泥坊底芹。
何为西庄王给事,柴门空闭锁松筠。

杜甫自己住草堂,也欣赏别人的草堂,所以才会为崔氏的东山草堂赋诗:

我爱你的玉山草堂幽静,秋高气爽,处处新鲜。

有时无人敲钟,风一吹,钟也自响;及至太阳落山,更见渔夫樵子相往还。

要吃晚饭的时候了,把白鸦谷口的栗子敲破皮剥开,煮饭就煮青泥坊下生长的芹。

这么好的日子真叫人艳羡，可是为什么西庄王给事的草堂，竟然会柴门空闭，无人居住，只余深院锁松竹哩？

显然这是隐士的生活，有的人爱过，有的人不爱过——隐士生活多清苦，能有栗子和芹菜吃就已是上好的了。

栗子先不说，芹菜可是很古老了，《诗经·小雅·采菽》中就有："觱沸槛泉，言采其芹。"《诗经》里的芹菜，指的应当是水芹。日本江户时代的冈元凤编写的《毛诗品物图考》中，为芹标注："水草可食。"

看看，直接把芹当成一种水草。

水芹长在水边，也确实给人草的感觉，清人张世进有诗云："春水生楚葵，弥望碧无际。"《说文解字》云："芹，楚葵也。从艸，斤声。"《说文通训定声》曰："即今水芹菜也。"

有水的地方就有水芹，唐人许浑写的《游江令旧宅》中有"芹根生叶石池浅，桐树落花金井香"的句子。明人汪广洋有"翠香芹菜缘沙出，雪色鲫鱼上水来"的诗句，唐人韩愈也写过"涧蔬煮蒿芹，水果剥菱芡"……

河边、涧边、池边，到处都有水芹生长，就像江南女儿，自来的脆嫩清芬。徐志摩散文里写："水芹菜的全身都充满了一种特异的芳香，在小池塘抑或是小河旁，那一丛丛矮小的植株却有着诱人的景色，伞形细碎的白花，中空有棱的嫩茎……"

前几年去无锡拜访一位和尚朋友，在他的寺院吃了一顿素斋。来寺院进香做法事的居士和我们坐在一起，两三桌人，都是白米饭，红烧豆腐、青菜炒油面筋、清炒水芹菜、红烧土豆、蘑菇汤。江南米饭并不及我家乡的米好吃，少了一点油性；菜却是很香。水芹菜柔软无筋,入口清纯,第一次吃,很喜欢,与我家乡的芹菜不同。

我家乡的芹是旱芹。李时珍在《本草纲目》里说:"芹有水芹、旱芹。水芹生江湖陂泽之涯;旱芹生平地,有赤、白两种。"

通常,家乡的人在菜田里会特辟出一块地来种芹菜,撒上种子,候它发芽长大,也跟擗根达菜似的,一株十数茎,要吃时绕着每一株的外围擗,这棵擗几茎,那棵擗几茎,一会儿就是一小捆。拿回家去,掐掉叶子,撕掉茎筋,切断焯熟,可以与花生米凉拌,亦可旺油清炒。放两片百合也好,放两粒虾米也好,放肉丝也好。

芹菜本身是特别清素的一种菜蔬,看似耿介却又特别合群随意。我还用芹菜剁碎和鸡蛋包过饺子,但是芹菜羹没吃过,杜甫诗里有"鲜鲫银丝脍,香芹碧涧羹"之句,看起来特别有诗意:芹菜不是碧绿的吗,所以"碧涧羹"这样有意境的名字和它算是相得益彰。

宋人林洪的《山家清供》卷上专门有"碧涧"一个条目:"荻芹取根,赤芹取叶与茎,俱可食。二月、三月作羹时,采之洗净,入汤焯过,取出。以苦酒、研芝麻入盐少许,与茴香渍之,可作菹。惟瀹而羹之者,既清而馨,犹碧涧然。"

如今芹菜的种类不算少,除了日常的水芹和旱芹,还有从国外传过来的西芹,粗脆而壮大,适宜凉拌。若是热炒,下锅翻炒两铲即可出锅,不可过火,否则不脆。又有香芹,茎细叶香,可与香干凉拌。热炒自然也可,香气比平常芹菜格外重一些。

以往吃芹菜,我通常是沿袭奶奶和母亲的老传统,把叶掐

 115

芹

掉不用，算算那些年被我掐掉的芹菜叶子得有好几筐。后来偶有一次突发奇想，芹菜叶子炒辣椒，多多地放蒜，想不到缠绵涩软，有一丝清苦，味道倒真不坏。可惜以前扔掉的芹菜叶。

如今芹菜大都当鲜菜使，古代芹菜是可以用来渍酸菜、腌咸菜和酱菜的。清人李化楠编写的《醒园录》中记载了酱芹菜的法子：

> 芹菜拣嫩而长大者，去叶去秆，将大头剖开作三四瓣，晒微干秆软，每瓣取来缠作二寸长把子，即腌入吃完酱瓜之旧酱内。俟二十日可吃。要吃时，取出用手将酱撼舒散净，切寸许长，青翠香美。不可下水洗。

当年苏轼被贬黄州，在黄州东坡的一块闲地开荒，自号东坡居士。东坡居士拿出比对付书本难十倍百倍的精神头来对付农活，开荒、种地、建鱼池、筑水坝、打水井。干累了，歇一歇，一歇着，他就想作诗。光这块东坡荒地，他就一口气作了八首诗来歌咏。其中有一首这样写：

> 自昔有微泉，来从远岭背。
> 穿城过聚落，流恶壮蓬艾。
> 去为柯氏陂，十亩鱼虾会。
> 岁旱泉亦竭，枯萍黏破块。
> 昨夜南山云，雨到一犁外。

泫然寻故渎，知我理荒荟。

泥芹有宿根，一寸嗟独在。

雪芽何时动，春鸠行可脍。

这首诗里，就专门写到了芹菜："泥芹有宿根，一寸嗟独在；雪芽何时动，春鸠行可脍。"他还给这道用芹做的菜做了一个备注说明："蜀八贵，芹芽脍，杂鸠肉为之。"就是说，用芹菜做成的芹芽脍在蜀地，也就是他老家，是"八贵"之一，芹菜脍还可以用斑鸠肉来炒，特别好吃。

结果他这么一写不要紧，在清朝就收了一个小迷弟——曹霑，也就是曹雪芹。

曹霑特别喜欢苏东坡的诗，而且一生最爱吃一道叫作"雪底芹菜"的菜。所谓"雪底芹菜"，就是将斑鸠肉和芹菜炒了，底下铺上蛋清，蛋清洁白如雪，可不就是诗意盎然的雪底芹菜了？曹霑号"雪芹"，是不是因为这道菜的缘故？

古时，泮水之畔的泮宫，是鲁国学宫。学子们如果有幸得了高中，须得在大成门边的泮池里采些水芹，插在帽上到孔庙祭拜，因此后人称考中秀才为"入泮"或"采芹"。嫩生的芹菜也确实有一股子少年读书人的气质，茎脆叶柔，阳光一照，通身如同碧玉，未经世情浸染，里里外外都干净。

芹菜的茎不算柔软，叶不算圆润，一阵风来，姿态也不够袅娜，甚至就连那个味道都有人享受不了。《列子·杨朱》中有一个故事，讲有个人在乡绅面前鼓吹芹菜多么美味，豪绅尝了之后，"蜇于口，惨于腹"。其人也羞愧无已，于是后来就用献芹称赠人的礼品菲薄，拿不出手。唐人高适想做官，就在《自淇涉黄河途中作诗》："尚有献芹心，无因见明主。"那意思就是我是有想要向朝廷效纳微薄之力的好意的，可是连皇帝的面也见不着。

可是寻常人家，又有谁是没有吃过芹菜的呢？芹意，其实是美意呢。

长林丰草

至於荫长松,

藉丰草,

听山溜之潺湲,

饮石泉之滴沥,

此山林者之乐也。

苔藓的王国

咏青苔诗
南北朝 · 沈约

缘阶已漠漠，泛水复绵绵。
微根如欲断，轻丝似更联。
长风隐细草，深堂没绮钱。
萦郁无人赠，葳蕤徒可怜。

  它在台阶上攀缘的时候啊，给人感觉雾蒙蒙的；一旦下面的水泛上来，又像一块绒毯，软绵绵的。

  它的根细细小小，好像随时都会断掉，但是奇怪得很，又有很轻的丝丝络络，交缠相连。

  长风吹来，细草隐伏不见；深堂幽暗，藏着青绿的绫锦窗花一样的苔藓。

  萦回勃郁无人相赠，生得葳蕤徒然可爱可怜。

青苔不比花草，少有人去描它摹它、歌它咏它。刘禹锡的文章里倒是有"苔痕上阶绿，草色入帘青"的句子，可也不过是借着青苔来标榜自己清高，宁可门庭冷落，也不屑与俗人来往的情操。拿青苔做主角，少。

青苔是很软和的东西。潮湿的、暗软的、不能生长在阳光下的。以前老屋多、老井多、老墙多、湿地多，家里家外大水缸多，房顶上屋瓦多，下了雨，水坑也多。

这些地方，青苔就多。

青苔是苔藓植物的泛称，苔藓植物属于最低等的高等植物。

这话说得拗口，将军里面的小烽子，大概是这么个意思。

苔藓是不开花的，也没有种子，繁殖的方法是孢子。

这种东西是怎么来的，植物学界也意见很不一致。

有的说它是起源于绿藻，因为它和绿藻含有相同的光合作用色素，又有这样那样的共同特征；有的说它是由裸蕨类植物退化而来：裸蕨类出现于志留纪，而苔藓植物出现于泥盆纪中期，要比裸蕨晚数千万年。从进化顺序上说，它们很可能起源于同一祖先。

不过，至今两种观点都还缺乏足够的证据支持。

用玄一点的说法就是，苔藓这种东西，如同爱情一样，不知所由而起。就是不知道以后会不会不知所由而终。

而且它和很多爱情也有一个相同的特点，就是水分比较大：身陷爱情的人，少有整天都快快乐乐、风和日丽的。容易患得患失，容易心乱如麻，容易哭，容易忧郁。

就像苔藓，唯有在荫湿之地，方能长得繁荣，给土木砖石

都裹上一层绿绿的苔衣,看上去既美又阴阴的湿。

去年上天河山,一路曲折上山,水声潺湲而下,彼此陪伴,倏忽擦肩。因为是循着水路,苔藓也相伴一路。低头细看,能看得见细细的茎和点点的针尖一样的叶,团团地纠在一起,彼此纠缠,又像是缩微的人类社会。

而且是正在进化或者过渡中的人类社会。

比如说从水中爬到陆地,两只脚还泡在水里,身子已经上了岸,就是那种感觉。

苔藓在植物界的演化进程中,就是这么一个种类:从水生逐渐过渡到陆生。

至于它的分类,中国的苔藓植物,分为3目,6科,21属,112种。

厉害吧!

小不点儿也长着不一样的脸。

小不点儿也有大力气。

它们能分泌一种液体,缓慢溶解岩石表面,溶着溶着,不知其几多年,岩石就"化"了,变成土了,就能长草长树了。跟水似的,能够水滴石穿,又比水厉害。

又能一点一点地填塞湖泊和沼泽,把它们变成陆地——那都是苔藓多少代的功夫。只要功夫下得苦,湖泊也能变成土。

另外,像保持土壤啊,储蓄水分啊,这些工作它们做得都很好,而且收集得多多的,晒干了,还可以烧来发电,甚至有的还能入药,消热水肿、治皮肤病什么的。

若说这些还不够说苔藓多么厉害,那么,有一则报道称,

苔 藓

约 4.7 亿年前，苔藓类地被植物在地球上迅速蔓延，成为地球首个稳定的氧气来源，令智能生命得以蓬勃发展。

"想想如果没有这毫不起眼的苔藓，就不会有我们所有人的今天，这真是令人激动。"

当然啦，也有人不认同。无论怎样吧，它很牛就是啦。

不过，对于普通人来说，青苔，绿阴阴的，毛茸茸的，不声不响的。阳光照到的地方，它就丝丝地亮。可是青苔能长的地方，是不会有很好的阳光照耀的，所以它就总是那么暗暗地铺展着，像如今的绒锦的衣裳似的，把一大块泥土地渐渐地包覆住，像藏住了一大块的心事。

每个人心里都长着暗暗的苔藓，都是一片潮湿的泽国。若是请画家把他们一个个的心思着笔墨画出来，没有一个是阳光普照的明快色调。

不用说那污泥浊水坑里生活的神神鬼鬼，就是阳光下生活的你我，来来往往的人群，谁的心里又没有一块阳光照不到的所在，生着一块两块阴阴的青苔呢？想升官的，想发财的，想念一个人的，想一样得不到的物件的，大概都会在走路的时候一恍神间，思绪就不知道发到哪里去了。或许一个人发笑，或许一个人叹气，或许一个人切齿、怒目横眉，或许一个人伤悲……

但是大家都羞于对人说什么，仍旧会做出在好好活的样子，工作照旧在做，饭照旧在吃，觉照旧在睡，可是睡梦里却落入最真实的状态：阴暗、晦涩、湿冷、柔软，像情绪的湿地生长了一大片一大片的苔藓。

没有心事可以对人明言，因为害怕被人宽慰说：你看，阳光多好，一切都好着呢……

一本书上说有一个维度的人们是这样活的：彼此之间都是透明的，没有语言误导，直接可以阅读人的脑中所想。那样怎么能行呢？毕竟人的脑海里，不知道有多少东西是不能晾晒在阳光下的，那里是苔藓的王国。

我知道为什么现在难见青苔了，原来都转移到人心里了。现世的世界太繁华、太热闹，到处都在热火朝天地搞建设，过日子，攒钱买房买车，可是人心的建设速度总也跟不上现世的建设速度，所以人心里总有一片片暗暗的水域，生长着一片片细毛毛的苔藓。

而现实中，苔藓这种东西，有的品种居然是能吃的。比方说傣族人就拿它做菜肴。那种生长在江河内的青苔，抽的丝又长又绿，附生在水底的石头上，傣家人腰里系小筐，去江河或者池塘里采了来做青苔鲜汤。把混在青苔丝里的杂质捡去，再用清水反复漂洗，然后把葱、蒜、芫荽等洗净切碎备用。接着起油锅热油煸香，加入盐和鲜青苔略加翻炒，然后加入鲜汤，烧沸后加入聚果榕嫩尖共煮，熟后加入切碎青蒜然后起锅装碗，在汤面上撒葱花、芫荽即食。

傣族人家大多傍水而居，当然要吃水里的菜。青苔还可以捞出洗净加工成青苔的干片，就像我们吃晒干的紫菜片一样。青苔富含绿色素、叶黄素、胡萝卜素和各种维生素，还有人体所需的无机盐和微量元素，医家说能防治疟疾，对消化不良、肺炎、气管炎有一定治疗作用，吃它是对的。

不过诗人们必定不是用它来吃的,而是用它来生发情思的,所以也会有诗人写它。王维的《鹿柴》就写:"空山不见人,但闻人语响。返景入深林,复照青苔上。"王维的心里在想些什么呢?写在纸上的我们看见了,还有一些是没有写在纸上的,它漂在时光的河里,细毛毛的,却是我们看不见,或者是看见了却不晓得都是些什么的。

张协的《杂诗》也写:"青苔依空墙,蜘蛛网四屋。感物多所怀,沉忧结心曲。"他又忧的是什么,结了什么心曲呢?

又有杜牧的《题扬州禅智寺》:"雨过一蝉噪,飘萧松桂秋。青苔满阶砌,白鸟故迟留。"

很多。写青苔的诗有很多。

当然了,吃的不如写的多,写的不如长的多,长的吗,回头看看你心里,它也长在那里了,雾蒙蒙的,青茸茸的。

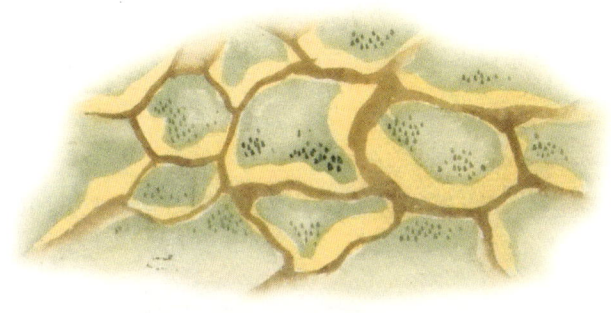

荇菜荇菜，素颜的爱

诗经·周南·关雎

关关雎鸠，在河之洲。窈窕淑女，君子好逑。
参差荇菜，左右流之。窈窕淑女，寤寐求之。
求之不得，寤寐思服。悠哉悠哉，辗转反侧。
参差荇菜，左右采之。窈窕淑女，琴瑟友之。
参差荇菜，左右芼之。窈窕淑女，钟鼓乐之。

  关关和鸣的雎鸠，相伴在河中的小洲。那美丽贤淑的好女哟，是君子的好配偶。
  参差不齐的荇菜，从左到右去捞它。那美丽贤淑的好女啊，醒来睡去都想追求她。
  追求却没有办法得到，白天黑夜忧思劳劳。长长的思念哟，叫人翻来覆去想把她瞧。
  参差不齐的荇菜，从左到右去采它。那美丽贤淑的好女啊，

君子奏起琴瑟来亲近她。

参差不齐的荇菜，从左到右去拔它。那美丽贤淑的好女啊，君子敲起钟鼓来取悦她。

荇菜是什么菜？不见面想它，见了面不认识它。它如今的处境就是这么尴尬。居然还有人说它就是大莲蓬，一个美女，在河水里左一把右一把地采大莲蓬，意境就差了点儿。

荇菜的科学解释是这样的：今名莕菜，龙胆科，草本植物，别名金莲儿，水荷，叶浮于水面，开碎黄花，嫩叶可食。主要生长于池塘、流动缓慢的溪流中。《颜氏家训》里说："今荇菜是水有之，黄华似莼。"就是说，有水的地方就有荇菜，开的花朵嫩黄，好像莼菜。

但是我仍旧想象不出来荇菜是什么菜，而且也不觉得它就是叶浮于水面的水荷。我倒觉得它是水里那种叶片光嫩窄长的水草，水东来往西漂，南来往北漂。小时候在我们村边的大河里，这样的水草多着呢，常见到。拈起一片来，青绿的，浮着水光，滑滑的，捞不住，一错手就又溜进水里，继续随着水流漂。但是不知道它竟是可吃的。

《诗经》的年代，草木多而可食用的少，所以荇菜才可以当菜。淑女君子流连的这条河流，岸平水缓，荇菜繁盛，淑女才会流连采摘，君子才会在岸边鸣琴瑟而敲钟鼓。

当姑娘把这些柔软的嫩绿叶儿用纤纤素手捞起的时候，碧浏的河水映着姑娘的小白手儿，才会如此令少年公子魂牵梦萦。岂止，还映着姑娘如同朝霞一般的、绝对素颜的、天生丽质的白脸蛋儿、红嘴唇儿。

荇 菜

气血那么足,身材那么柔韧,眼神那么清亮,腰肢那么软,哎呀呀,叫我如何不想她,叫我怎么睡得着。

所以,基本上,荇菜不是用来吃的,是用来象征的。它的背后是强大的爱情背书,所以即使现在它已经不再被当成菜端上餐桌,仍旧被人心心念念。

它沾了爱情的光,以爱情为名,得数千载长生。

幼时读《关雎》,是品不出味儿来的,只图它一个朗朗上口,摇头晃脑地读它如读儿歌罢了。唯有情窦已开,情思萌动,再读它,那样水灵灵扑闪闪如同露珠一样的文字,就被初升的太阳照耀着,散发出夺目的光了。

当时的汉文明发端之际,尚少血积骨垛的深重苦难,人和历史一样,都带着一种文明初开、心智懵懂的迟钝与清灵,就像水浅流缓的小水塘里长出的片片荇菜嫩叶,值得被素手采掇。而爱情,就这样产生了。

最真实的,没有被涂脂抹粉后的感情,不被教导和计算,自来美的素颜。

我们的先人比我们古老,心智却比我们年轻。我们的爱情已经苍老得长了皱纹,他们的爱情却初始而健康和轻灵。男子看见河边的姑娘采着荇菜,他就睡不着觉,把她来想。翻来覆去,哎呀越想越睡不着。至于她是哪家的姑娘,门第怎么样,爹娘是做什么的,有多少的家产,爱咋样咋样。

这是最好的诗写出来的最原初和最干净的情感,读来特别的舒坦。就像它本来就在,只不过被人福至心灵地用语言把它描绘了出来,借着荇菜的媒介,划着爱情的小船儿,漂漂荡荡,漂到了现世。现世的水面上开着碗大的白莲红莲，行走着豪华的游艇大轮船，船上坐着珠光宝气的美女，却少有人把这些美女们这么单纯地思念了。

如今春光四月，荇菜正是嫩芽初上，新叶正憨，若是采了来食，也不知道什么滋味，也不知道会不会中爱情的毒，上爱情的瘾。

上砌如欺地锦红

落花诗
明·唐寅

桃花净尽杏花空,开落年年约略同。
自是节临三月暮,何须人恨五更风?
扑檐直破帘衣碧,上砌如欺地锦红。
拾向研罗方帕里,鸳鸯一对正当中。

桃花也落净了,杏树的枝头也已经空了。桃花杏花年年开,年年落,今年也没什么不同。

本来就是三月暮的时节,我又何须怅恨五更吹落桃花杏花的风?

且看这花落之后的碧叶葳蕤生发,直扑屋檐,简直要破开帘衣,绿进屋里。而落花飘落在地,红红地堆在一起,连深秋时节红红的爬山虎都相形见绌。

我且把这落花拾起来,珍而重之地包裹进砑光的丝锦手帕,而我的手帕正当中,一对鸳鸯正相依相偎地温存。

这首诗里的地锦不是主角,只是用来陪衬落花的。地锦,就是爬山虎。我家小区院落的墙上就是,满满一墙,风一起如波涛般摆荡。所以按理说它不该叫地锦,该叫墙锦。不知道这东西怎么长的,好像长着无数的小爪爪,抠墙扒缝地往左爬,往右爬,往上爬。眼瞅着青砖的墙、白灰的墙被爬山虎一点点缠绕、占领,刚开始是线条柔美的画,然后就成了密层层的一墙。叶片愈长愈大,层层叠叠,叶掌一律外翻,旺盛的阳光下,一幅拉不断扯不断的画。

甚至有的地方,人迹少了,爬山虎到处爬,干脆把整个村庄都包裹在里面。

好看是好看,却又无端地让人感觉阴森。谁知道这绿绿的一墙一地一村里面,生活着什么样的虫虫蚁蚁。

这东西又叫捆石龙、枫藤、小虫儿卧草、红丝草、红葛、趴山虎、红葡萄藤、巴山虎,属葡萄科植物。

——写到这里,忽然觉得想明白了一件事。

人的心里,也总是在修房盖屋。

人心亮堂的时候,房屋也亮堂,人来人往热闹闹,暖洋洋。

人心里装的事多了,欲望也重了,房屋也就帘幕重重地暗下来了。人也少了,阳光也弱了,视野也混沌不清。

甚而至于,开始满墙爬满了欲望的爬山虎,绿阴阴。

《红楼梦》里有爬山虎吗?

没看见。也是,正繁荣的时候,是没有爬山虎存在的空间的，不过像爬山虎一样的植物是有的。

《红楼梦》里，为迎元春省亲，贾府特造大观园，又特在大观园里造了这样一处所在，一所清凉瓦舍，一色水磨砖墙，清瓦花堵。贾政带人游览过来，说："此处这所房子，无味的很。"步入门时，忽迎面突出插天的大玲珑山石来，四面群绕各式石块，竟把里面所有房屋悉皆遮住，而且一株花木也无。

"只见许多异草：或有牵藤的，或有引蔓的，或垂山巅，或穿石隙，甚至垂檐绕柱，萦砌盘阶，或如翠带飘飘，或如金绳盘屈，或实若丹砂，或花如金桂，味芬气馥，非花香之可比。"清客相公们猜是薜荔藤萝，宝玉说不是，"这些之中也有藤萝薜荔。那香的是杜若蘅芜，那一种大约是茝兰，这一种大约是清葛，那一种是金䔲草，这一种是玉蕗藤，红的自然是紫芸，绿的定是青芷。想来《离骚》《文选》等书上所有的那些异草，也有叫作什么藿蒳姜荨的，也有叫作什么纶组紫绛的，还有石帆、水松、扶留等样，又有叫什么绿荑的，还有什么丹椒、蘼芜、风连。如今年深岁改，人不能识，故皆像形夺名，渐渐的唤差了，也是有的。"

后来，这处院落，就成了宝钗的屋子。

宝钗这个女子，心地不坏，可是心思却深。深和重不是一回事。黛玉是心思重，心事沉，压得她不能展眉；宝钗是心思深，知进退，也知道怎样的行事做人于自己为有利，所以，贾母给

地　锦

地 锦

她过生日，问她想吃什么，想看什么戏，她只依贾母年老人的喜好说来，说是喜吃甜烂食物，喜看热闹戏文，于是贾母更是喜欢。

她也知道顺应时势，家境不好时，她便能够安分从时。她自己平时也不佩戴玉饰等富丽闲妆，她的屋子里也寒素得厉害。贾母领着刘姥姥游大观园，到了宝钗的所在，只觉异香扑鼻。那些奇草仙藤愈冷愈苍翠，都结了实，似珊瑚豆子一般，累垂可爱。可是她的房屋里却是雪洞一般，一色玩器全无，案上只有一个土定瓶中供着数枝菊花，并两部书，茶奁茶杯而已。床上只吊着青纱帐幔，衾褥也十分朴素。

她投贾母所好是为做人，她自奉甚薄是为修心。这个人的心思如同爬山虎一样——她也安着想要做宝二奶奶的心思，她还指望着能够嫁与宝玉，能够借着婆家的势，好使娘家败落得慢一些。这由不得她的心思阴一些、深一些。

想象着一个妙龄美女，像爬山虎一样伸着小爪子，左爬一下，右爬一下，扩张她的势力范围，可是爬来爬去，也不过爬的是一个内囊翻上来的空壳子。足够的努力换不来足够的结果，方向不对，一切白费。

可是，你让她又有什么法子？天下多少用了大心思却不能遂人愿的事，谁不是和爬山虎一个鬼样子？

绕篱萦架牵牛花

牵牛花三首·其一
宋·杨万里

晓思欢欣晚思愁,绕篱萦架太娇柔。
木犀未发芙蓉落,买断西风恣意秋。

  清晓情思欢欣,晚来情思轻愁,你这小小的牵牛花绕篱萦架,实在是太过娇柔。在这个季节,木樨花还没开放,芙蓉花已经败落,只有你像是买断了此时的西风,在秋天恣意开放。

  小小的牵牛花,在杨万里的笔下,虽然仍旧是绕篱萦架的弱弱柔柔,却是开出了一股乘虚而入的霸气,居然要在西风起兮的秋天里自己恣意独开,颇有"我花开后百花杀"的威风。

  在我的印象中,牵牛花不只是秋天才开的吧。

  今年第一次见到牵牛花,居然是在远离村庄的麦田地埂,时序是盛夏。我也不知道它居然会跑这么远。远离人家居处、篱笆墙下,不端不正的,你跑来人家麦田边守着什么,真当自己是牛了?

也不知道为什么人会叫它牵牛花,我只知道它的细梗如丝、如线,是那么样地缠缠绕绕的,缠绵劲儿有点像爱情,会使人想起牵牛织女星的故事。

"迢迢牵牛星,皎皎河汉女。"天上织女爱慕凡间牛郎,下凡投奔,过起平凡日子,生下一儿一女,有一老牛相伴。没想到织女却被天上的王母娘娘派人捉回去,牛郎不能上天,急得牛回马转。老牛临死口吐人言,让牛郎披上他的皮,就可以追到妻子。牛死后,牛郎披上老牛的皮,挑上箩筐,前边担男孩子,后边担女孩子,一个纵步,风声呼呼,凌空追赶而去。遥遥地眼看妻子就在前边,王母拔下头上的簪,当空一划,一道银河横贯天际。两夫妻分隔两岸,不得见面,化作两星,一个是织女星,一个是牵牛星。牵牛星前后带有两个小星,是他们的小孩。

真是一个伤心的故事。

牵牛花和牵牛星有关系吗?不知道,反正见到牵牛花缠绕攀爬的梗子,就觉得像是男女情丝,乱糟糟不好打理。

大约十几年前,一时兴起,在阳台上摆一个花盆,花盆里种上了牵牛花的种子,再给它在阳台上抻起了细铁丝织成的网架子。牵牛花出土,开始绕丝攀藤,长枝呀,长叶呀,开花呀,忙了个不亦乐乎。它的枝尖会伸得长长的找攀缘的扶手,找到了就一圈一圈地缠上去。我看了它一夏天的红花粉花白花和心脏样的绿叶子。

及至冬天,它便枯死。变得干枯的黑枝子纠成一团,真心不好看，就像撩开花开如焚的帐幕，看见山寒水瘦的现实。

小时候，它就是实实在在地爬在人家的篱笆上的，家家篱笆上爬的有它。头顶上高大的杨树柳树投下庞大的阴影，它就在阴影下悄悄往篱笆上爬，再静悄悄地开花。

清晨花开，到了中午，太阳热起来，它便裹紧了它的喇叭口。就像没什么大能量的弱女子，开累了，要歇歇。当时习以为常，不知道它还另有一个名字——朝颜。

事实上，当初我连它叫牵牛花都不知道，因为它开的是喇叭口样的花，所以都是叫它喇叭花的。

古人是知道它叫牵牛花的，所以会指着它来作诗。秦观作诗《牵牛花》：

> 银汉初移漏欲残，步虚人依玉栏杆。
> 仙衣染得天边碧，乞与人间向晓看。

一个叫文同的作《牵牛花》诗，好像是替我当年搭架养牵牛花作诗似的：

> 柔条长百尺，秀萼包千叶。
> 不惜作高架，为君相引接。

可是后来我却觉得，这样的花只宜作野花，不该在家里养它。过日子讲究心思简静，日子过得盘靓条顺，这样心思纠结缠绕是几个意思？所以后来就再没种过了。

牵牛花有它的药用，具有泻下、利尿、消肿、驱虫等功效，主治肢体水肿、肾炎水肿、肝硬化腹水、便秘、虫积腹痛等症。早在南北朝时期，牵牛花就被本草学家关注，南朝人陶弘景还特意解释了"牵牛"这个名字的来历："此药始出田野人牵牛谢药。"

就是说，山野村民得了病，医生用药给他治好，他为了答谢医生，就牵了头牛作为谢礼——医生用的药，就是牵牛花了。这件事被李时珍收录在了《本草纲目》里头，以此解释"牵牛花"这个名字的由来。李时珍也指出牵牛花被正儿八经地当成草药来使，是从宋朝开始。南北朝时期用牵牛花来治病的，应该是一个使偏方的土郎中。大概这才是"牵牛花"这个名字的正经来源，而不是民间传说的牵牛星。

明人吴宽写诗赞它："本草载药品，草部见牵牛。薰风篱落间，蔓出甚绸缪。"

如何药用是医生的事情，但是乡村人家离不了它是真的。不是离不了它，是它离不了我这乡村人家。俗话说："秋赏菊，冬扶梅，春种海棠，夏养牵牛。"隐逸之士种菊花，高洁之士赏梅花，闺阁弱女观海棠，披蓑戴笠的农人牵牛种地之余，能扫一眼两眼篱笆上的牵牛花，也就很好了。

至于小孩子，是可以随便摘牵牛花来玩的。红红白白的一只只小喇叭口，甚至有的花明明是白色的，却染着两丝红痕，像是美人抓破脸。还有青紫色或者紫蓝色的喇叭花，颜色妖异。采上一把，捏紧了细梗，让这些粉的、紫的、白的、青的、蓝的、红的小花在手里迎风晃，仿佛听见细细的喇叭声响：鸣里哇，

牵牛花

呜哩哇——

若是人家一面白墙,铺了半墙的牵牛花,再夜里下几点微雨呢?张开喇叭口的牵牛花,薄薄的花瓣承接着小小圆圆的朝露,映着朝日,真是好看。宋代诗人陈宗远有《牵牛花》曰:

绿蔓如藤不用栽,淡青花绕竹篱开。
披衣向晓还堪爱,忽见蜻蜓带露来。

蜻蜓为什么带露?因为它曾在牵牛花上落啊。

日本茶道宗师利休宅内的院子里种满了牵牛花,一旦开放,花团锦簇,美不胜收。丰臣秀吉得知此事,就指示利休在宅内准备一次茶会,以欣赏满目的花景。品茶赏花,够风雅吧。结果,他兴致勃勃地来到利休宅,却发现所有的花都被利休剪掉了。秀吉当下大怒,气冲冲进茶室问罪,一进茶室,呆住了:在暗淡的壁龛的花瓶里插着一朵洁白的牵牛花,露水欲滴,生机无限。剪掉一片只留一朵,花的内在生命力却得到充分的表现,这是利休的禅心。

他的禅心得以表达了,而这朝颜带露开,却又是荣华不长,也实在令人惋惜。

有朝颜,就有夕颜。这种牵牛花,是趁晚夕开放,清晨便萎顿了。夕颜开的是白花,形似满月,大而美丽。

紫式部《源氏物语》第四帖《夕颜》中的两首男女对和的和歌:

(女)夕颜凝露容光艳,料是伊人驻马来。
(男)苍茫暮色蓬山隔,遥望安知是夕颜?

这里有一个故事,说的是一个地位高的公子偶然于初秋之日,黄昏时分,见到一所宅院的篱笆上开着他不认识的白花,随从告诉他这是夕颜:"这花的名字像人的名字。这种花都是开在这些肮脏的墙根的。"

他命侍从摘一朵花过来,结果没想到一个女童从一扇雅致的拉门里走出来,手里拿着一把香气扑鼻的白纸扇,说道:"请放在这上面献上去吧。因为这花的枝条很软弱,不好用手拿的。"

公子拿到这把放着夕颜的白纸扇,发现扇子上写着一首和歌:"夕颜凝露容光艳,料是伊人驻马来。"公子也作了一首和歌作为答歌:"苍茫暮色蓬山隔,遥望安知是夕颜?"

公子后来就和作这和歌的女子相识相爱,公子把女子称夕颜。他却不知道,这夕颜女也出身贵族,只是父母早亡,家道没落,成了孤女,寄人篱下。遇到公子之前,她已被另一个轻薄的贵族男子爱了又弃,生下一个不被认养的孩子。

女子早逝,一生凄凉短暂,正如娇薄的夕颜。

很久以前读到一句话:"牵牛花为了自己的立足之地,先吻篱笆的脚,后搂篱笆的腰,再登上篱笆的眉。这是它的生存哲学。"没错,它为的是能够开花。没有篱笆的时候,它也能够挪到麦田边的野草从里开花。反正它就是要开花。

好吧,那就开吧。就像土耳其诗人塔朗吉的那首诗:

去什么地方?这么晚了?
美丽的火车,孤独的火车,
凄苦是你汽笛的声音,令人记起了许多事情。
为什么我不该挥舞手巾呢?
乘客多少都跟我有亲。
去吧,但愿你一路平安。
桥都坚固,隧道都光明。

无论朝颜还是夕颜,我给牵牛花的祝愿也是如此:去吧,但愿你一路平安。篱笆都坚固,黎明都新鲜。

春在溪头荠菜花

鹧鸪天·代人赋
南宋·辛弃疾

陌上柔桑破嫩芽，东邻蚕种已生些。平冈细草鸣黄犊，斜日寒林点暮鸦。

山远近，路横斜，青旗沽酒有人家。城中桃李愁风雨，春在溪头荠菜花。

田间路旁，桑树柔软的新枝上绽出了嫩芽，东边邻居家的蚕种已孵出了小蚕。平坦的山脊上长满了细草，有小黄牛在哞哞地叫，夕阳斜照着春寒时节的林间，树上点缀着几只傍晚的乌鸦。

青山远远近近，小路纵横交错，飘着青布酒幌子处有卖酒的人家。城市中的桃花李花虽则华丽，但害怕风雨吹打，只有长满了溪边的荠菜花才能算得上是真正的春天。

小时候漫山遍野疯跑疯玩，哪里不曾到过，什么不曾玩过。沙滩上的纠缠在茅草上的金黄色的菟丝子，我揪过；河里飘摇的水草，我捞过；肥肥大大的猪耳草，我拔过；麦田里的王不留，也叫挂面条，我掐破人家小灯笼样的果儿，吃过里面的籽儿；至于荠菜，如果放在纸面上，真是觉得陌生的，及至看到图片，我当初也叫不上来它叫什么草，可是它的曲曲弯弯的叶儿平铺在地面上的样儿我见过，长长的茎上左一下右一下、左一下右一下伸出去的扁扁的小绿三角的小米袋儿我捏过，捏破了，里面就是白白的小籽儿，吃在嘴里，味儿是淡的。

原来这就是荠菜呵，上过《诗经》的荠菜："谁谓荼苦？其甘如荠。宴尔新昏，如兄如弟。"

春天将至未至，天气还寒凉着，荠菜就已经长出来了，难怪晋人夏侯湛有诗《荠赋》说它是："钻重冰而挺茂，蒙严霜以发鲜。"元人杨载也有诗《到京师》云：

城雪初消荠菜生，角门深巷少人行。
柳梢听得黄鹂语，此是春来第一声。

它开出来的小花实在太不起眼，白白小小的，在料峭的春风里招摇。人们吃了一冬的大白菜和土豆子，嘴里寡淡，偏它长出来了，怎么不心动？苏辙种菜，天气太旱，老是不出苗，他哥东坡写诗调侃："新春阶下笋芽生，厨里霜蔖倒旧罌。时绕麦田求野荠，强为僧舍煮山羹。"种的菜出不来，那便挖绕着麦田生长的野荠菜罢。

荠菜一生,就是春天来了,要耕田了。耕后的田里,落阵春天的微雨,群鸟咸集,在田里翻着耕田耕出来的小虫吃。牛栏里的牛也要准备劳作,桑叶生发,蚕也要养起来了。所以辛弃疾又有一首《鹧鸪天·游鹅湖醉书酒家壁》:

春入平原荠菜花,新耕雨后落群鸦。多情白发春无奈,晚日青帘酒易赊。
闲意态,细生涯,牛栏西畔有桑麻。青裙缟袂谁家女,去趁蚕生看外家。

春天来临,平原之上恬静而又充满生机,白色的荠菜花开满了田野。土地刚刚耕好,又适逢春雨落下,群鸦在新翻的土地上觅食。

忽然之间适才令人心情舒爽的春色不见了,愁绪染白了头发。心情沉闷无奈,只好到小酒店去饮酒解愁。

村民们神态悠闲自在,生活过得井然有序,牛栏附近的空地上也种满了桑和麻。

春播即将开始,大忙季节就要到来,不知谁家的年轻女子,穿着白衣青裙,趁着大忙前的闲暇时光赶着去走娘家。

可不是吗,初春天气,田野上除了新荠可吃、春风可趁,也就没有别的了。看在眼里,倒也令人生出一番旷远体会。偏偏这时走来一个女子,白衣青裙,和这田野一样清新,颇让人精神一振。那个时候人们吃荠菜也是没办法,因为青黄不接,没别的菜可吃。而且到处都是农田,到处都是荠菜,非不得已,

荠菜

便不稀罕。

若是搁在现在,高楼多而土地少,若是有一大片土地生长这么一大片鲜嫩的荠菜,人们还不得倾巢出动,转眼间把田野铺满,这白衣青裙的女子就淹没在里边,看不见了。

荠菜的吃法是相当随意的,本来就不是龙肝凤髓,讲究不了好烹炮,也吃不出层次分明的贵滋味。陆游专门写一首小诗《食荠》,讲的怎么吃荠菜:"小著盐醯和滋味,微加姜桂助精神。风炉歆钵穷家活,妙诀何曾肯授人。"荠菜加些盐酱之类,再用些姜末桂皮,穷家吃起来也蛮有滋味,甚至敝帚自珍,不肯把妙诀轻易传授于人。

居然这样的寒苦生涯还被明人陈继儒歌颂了一下:"十亩之郊,菜叶荠花。抱瓮灌之,乐哉农家。"不缺吃喝的时候,农家是乐的,因为没有俗务萦心,没有案牍劳形,没有迎来送往,没有揖让往还。可是税呢?赋呢?粮呢?肉呢?税赋加增而粮肉不足,居然还敢说"乐哉农家"?

也有讲究的人,把挖来的荠菜包饺子,包馄饨。汪曾祺笔下有一个卖馄饨的秦老吉,"别人卖的馄饨只有一种,葱花水打猪肉馅。他的馄饨除了猪肉馅的,还有鸡肉馅的、螃蟹馅的,最讲究的是荠菜冬笋肉末馅的,——这种肉馅不是用刀刃而是用刀背剁的!作料也特别齐全,除了酱油、醋,还有花椒油、辣椒油、虾皮、紫菜、葱末、蒜泥、韭花、芹菜和本地人一般不吃的芫荽"。

就靠卖这些馅料讲究的馄饨,把三个女儿养大,送她们出嫁。

他的笔下还有一个能干的尼姑仁慧，会做咸菜，也会包饺子。有的善徒会在散生日的时候到她的观音庵吃一顿素斋，素斋最好吃的是香蕈饺子。"香蕈（即冬菇）汤；荠菜、香干末作馅，包成薄皮小饺子，油炸透酥，倾入滚开的香蕈汤，嗤啦有声，以勺舀食，香美无比。"施主们最不能忘的就是这香蕈饺子。他们吃了之后，把仁慧叫来，问："这是怎么做的？怎么这么鲜？没有放虾籽吗？"仁慧忙答："不能不能，怎能放虾籽呢！就是香蕈！——黄豆芽吊的汤。"

凭着他这一支生花妙笔，都引逗得人特别想来一碗荠菜、香干末作馅的香蕈饺子吃。

荠菜还可剁碎了煮粥，也可剁碎和大黄鱼一起做荠菜黄鱼羹，也可与肉一起做春卷的馅……实事求是地说，荠菜单吃其实是不大有味的，不过是吃的一个野意，春情；若要好吃，还得要和别的菜蔬以及精米白面来配，这样大家都香，都好吃，都体面。

马齿叶亦繁

园官送菜
唐·杜甫

清晨蒙菜把，常荷地主恩。守者愆实数，略有其名存。
苦苣刺如针，马齿叶亦繁。青青嘉蔬色，埋没在中园。
园吏未足怪，世事固堪论。呜呼战伐久，荆棘暗长原。
乃知苦苣辈，倾夺蕙草根。小人塞道路，为态何喧喧。
又如马齿盛，气拥葵荏昏。点染不易虞，丝麻杂罗纨。
一经器物内，永挂粗刺痕。志士采紫芝，放歌避戎轩。
　　　　　　　　　　　畦丁负笼至，感动百虑端。

　　这首诗的大意，是说国家战伐日久，百姓糊口极难。诗人被管园子的小吏送了两把菜，让他特别感激。什么菜呢？一样菜是已经长老了的苦苣，一样菜是已经长得胖胖大大的马齿苋。然后又以野草来比喻世态，这世道啊，已经被苦苣这样的野草一般的人物给霸拦了芳兰蕙草的地盘,所以到处都是趾高气扬的小人。这些人又像马齿苋一样,生长得茂密繁盛,气概壮大。

慨叹世事的话且不去说它,园官送他苦苣菜和马齿苋,肯定不是让他发感慨的,是让他吃的。

据说很久很久以前,上帝造出人来,虽说把亚当、夏娃逐出伊甸园,命令他们流汗才有饭吃,但到底对自己的造物心怀恩慈,命令地下的麦子长得如同一棵树也似的,分出七股八杈,每一个枝头都有一个麦穗,于是天下万民不缺粮食。如敦煌一首《驱傩词》所赞扬的:"谷杆大于牛腰,蔓菁贱于马齿。人无饥色,食加鱼味。有口则皆食蒲萄,欢乐则无人不醉。"有一日上帝到人间巡行,考察民情,发现麦子烂倒在泥里,还有一个农妇居然用白面饼给孩子擦屁股。上帝一怒之下改了规矩,下令麦株从今以后只结一穗,且不时有风雹雷灾、水患火欺,惩罚这些不知惜福的凡间生灵,看他们还敢再糟蹋粮食!

这个"蔓菁贱于马齿",应该就是说,蔓菁这种菜蔬大丰收,搞得比田地里的野草马齿苋还贱,不被人稀罕。

由此可见,马齿苋这种草,确实不大受人待见。

小时候最常打交道的野草就是它了,不过那时候我们不叫它马齿苋,而叫它马生菜。

田地里的野草样数极多,有铁稃子,学名牛筋草,根扎得深,茎扁平绿白,极有韧劲,徒手拔需要吃奶的力气,说不定还要摔一个屁股蹲,也奈何不下它来。所以必须要用专门锄野草的小薅锄,锄断其茎,它也就死掉了。有开粉红小花,结灯笼样小果儿的挂面条,有看麦娘、播娘蒿、喇叭花、狗尾巴草、苋菜、苦菜、婆婆纳……其中就有最常见的一种——马齿苋。

　　马齿苋的叶片蛋圆，油绿绿而亮闪闪，好像敷了一层粉。圆圆的梗儿，半透明而极脆。它有一个专属的名字，叫"猪草"。每当我娘叫我去打一筐猪草的时候，我就知道是要打它来喂我家的猪。虽然猪也吃别的草，但只有它叫"猪草"。这东西还能玩。叶片肥厚的马齿苋在地上一丛一片地铺展开，拔一截马齿苋的茎秆，轻轻一撅，就折了，但还有外面的一层薄皮连着，再反方向一撅，最后得到一串长长的"挂饰"，挂在耳上，一步一摇，跟耳环似的——那时候没有小视频玩儿，放在现在可有的玩了。

　　家里有白包袱皮，拿来做白娘娘身上裹的白裙子；我奶奶还有一大块闪蓝缎子，上面绣花鸟，可以披起来扮演佘太君。耳坠呀、联垂呀，马齿苋就能充当。额上贴的那一排密密的蛋圆的东西（现在才知道叫"额妆"），自己也可以铰些白铁皮的废片，中间涂黑了，贴上去……还有脸上和嘴上的胭脂，拿过年贴对联的大红纸揉出红水，再不然就用红砖磨出粉末来，往脸上涂，估计也可以。然后，到戏台上，扭搭扭搭地，唱戏去。

　　别笑。我那时候是非常认真仔细地考虑这件事，还真的招兵买马，打算自立为王——我当团长。结果大人张着窑口一样的嘴巴一顿笑，就将我笑歇了菜。

　　如今大人们都跑去玩小视频，玩换装游戏，唱戏玩儿了，谁还管你这一个小丫头片子的事。

　　生不逢时。如今再让我耳朵上挂着马齿苋的耳坠子，那就不再是那个滋味。不过看见马齿苋，仍旧能想得起来当初没有

马齿苋

做起来的梦。

马齿苋最令人头疼的是随地生根，拔它也没用，锄它也没用，太阳晒它都没用，只要稍微阴一点儿天，给它一点儿潮气，它就能重新扎根长出来。真是拔掉一层又生一层，层出不穷。

据传当初十日并行，江河湖海为之竭，走兽飞禽皆死，禾苗如柴百姓饥，羿奉尧命十射其九，小十惶惶然无处藏，就如一张硕大的面饼趴伏在肥厚的马齿苋下面。后羿寻之未得，悻悻而去，才有今天的丽日行于天，江河丽于地，人畜鸟虫草木代代化衍生息，有了《诗经》和《楚辞》。征战烟尘渐消渐散，人世清明，露出一丛丛绿茵茵的马齿苋。

这东西遍历千年，羊啃牛踩猪兔啮食，人又锄之拔之揪之采之，却始终不能绝之，日焰烈烈，久晒不干，是以又叫长命菜、安乐菜、耐旱菜……

清人顾景星撰写的《野菜赞》这样介绍它："马齿苋，俗名长命菜，一名龙牙菜。味酸滑，多生圃地，根子可种。蒸作干蔌，治症块血痢痔节间，有水银取法，详本草。"

也就是说，它在《本草纲目》里也有地位。之所以有地位，是因为它有用。

唐朝宰相武元衡在安史之乱后，被派到西川当节度使。到任后不久，武元衡小腿长疮，红肿发炎，痒得要命。一个小吏说出一个方子，把马齿苋捣烂敷上，结果两三次之后就好了。后来，同为宰相的李绛听说了，就把这事儿记在自己写的医学专著《兵部手集方》中："唐武相元衡苦胫疮，焮痒不可堪，百医无效。厅吏上一方，马齿苋捣烂敷上，两三遍即愈。多年恶疮，百方不瘥或痛燃不已并治。"

到了明代,李时珍就根据这件事把马齿苋"清热解毒,攻血消肿"的功效写在了《本草纲目》里面。

而杜甫写的这首诗,不是因为它可作药,而是因为它可作菜。不知道杜甫怎么吃它,我家吃它一般就是凉拌和肉炒——今晚我家就吃了一餐凉拌马齿苋和马齿苋炒肉丝。苋根根细嫩,叶圆如眼,是朋友送的,她的马齿苋长在自家小园。

把马齿苋烫软,挤汁,翻拌,盐醋姜蒜凉拌,鲜美滑润,暑热为之一清;又锅内放油少许,将葱、姜、蒜、辣椒炒出香味,瘦肉丝放入翻炒,再放入马齿苋,加盐、味精,翻炒均匀,色翠茎嫩肉丝香。我奶奶当年拿它包过饺子,调素油做馅饼,可省菜钱。

朋友送来的提兜里,还有一袋甜面酱、一袋酱油、一瓶腐乳、一袋蕨根粉,一下子就像脑子里自动放电影。看见她下班回家,来到自家后园,看着铺展一地的马齿苋,一茎一茎慢慢地往下掐,放在左手里攥成把,抬头看,园里有粉蝶,有葱的鲜辣和洋姜的黄花。又看看自家厨房,抓一袋面酱,抓一袋酱油,抓一瓶腐乳,抓一袋蕨粉——她又赠我一份世上人家后院和厨房里满满的柴米馨香,人间浩浩荡荡的日月阴阳。

和这位朋友平日交情清浅,却是风致俨然,因为人心里都装着阳光、雨水、小园,红头的蜻蜓、枝梢的雪,还有挂面条、羊奶奶花、节节草,马齿苋在记忆的田野路边及庭园废墟中如丝如绣,满地铺展,夹竹桃花开,燕雀飞来。

蕨菜蕨菜，向春天告白

诗经·召南·草虫

　　喓喓草虫，趯趯阜螽。未见君子，忧心忡忡。亦既见止，亦既觏止，我心则降。
　　陟彼南山，言采其蕨。未见君子，忧心惙惙。亦既见止，亦既觏止，我心则说。
　　陟彼南山，言采其薇。未见君子，我心伤悲。亦既见止，亦既觏止，我心则夷。

　　听那蝈蝈蠷蠷叫，看那蚱蜢蹦蹦跳。没有见到那君子，我心忧愁又焦躁。如果我已见着他，如果我已偎着他，我的心中愁全消。
　　登上高高南山头，采摘鲜嫩蕨菜叶。没有见到那君子，我心忧思真凄切。如果我已见着他，如果我已偎着他，我的心中多喜悦。

登上高高南山顶,采摘鲜嫩薇菜苗。没有见到那君子,我很悲伤真烦恼。如果我已见着他,如果我已偎着他,我的心中块垒消。

这首诗的第二段以蕨菜起兴,讲的是我爱你呀我想你,你不来呀我难过。我爱你呀我想你,你来了呀我就高兴了。

结果难过的时候你的手底下无聊得,就开始掐鲜鲜嫩嫩的蕨菜叶,等你的君子来了,不知道你把这蕨菜叶怎么了,是拿回去吃了,还是光顾着春风里欢笑,把它们撂在田间地头,忘了带走?

时光流转,三千多年后,你这个怀春的小少女已经不知道去了哪里,那一把鲜嫩的蕨菜却乘着诗的小纸船,漂流到了现世。依旧那么青翠,散发着幽幽的馨香。

蕨菜什么样?陆机《诗义蔬》曰:"蕨,山菜。初生似蒜,紫茎黑色,可食如葵。"《说文通训定义》更为详细:"初生如蒜苗,无叶,好似鳖脚,亦似小儿拳,故曰拳菜。紫黑色,瀹为茹,滑美。"

"小儿拳"很形象,白居易也写诗"蕨菜已作小儿拳",黄庭坚也有"嫩芽初长小儿拳"句。嫩蕨菜蜷曲的模样确实像小孩儿攥着的小拳头。一旦舒拳为掌,蕨菜就老了,吃不得了。所以蕨菜又叫"拳头菜""拳芽菜"或"佛手菜"。

蕨菜是春天长的,毛茸茸的,所以蕨菜还有一个名字,叫猫爪子。这个名称也形象,叶片有茸毛,毛茸茸的可不就像猫爪吗?

几场春雨洒过,蕨菜们就拱了出来,山腰、坡脚、溪畔、

蕨 菜

林中、树下……哪哪儿都是。南方人把采蕨菜叫"打蕨菜",把长出的嫩蕨菜"打"下来,其实就是折下来或者掐下来,拿回来洗干净,开水焯一下,一天一换水,清水漂几天,尽其去涩味,再切段做菜,或清炒或凉拌。辣椒炒蕨菜、酸辣蕨菜,都可以,豆豉炒蕨菜尤其使人开胃:干辣椒、干花椒炸出香味,放入豆豉,炒一会儿后放入蕨菜翻炒,加盐、酱油、葱姜末。凉拌蕨菜也好,将蕨菜洗净切段,沸水焯过冷水泡,然后与蒜泥同拌,加香油与精盐。

蕨菜打多了,吃鲜菜吃不了,就可以腌渍或晒干。腌蕨菜要将蕨菜切去老根,半斤一把扎起来,先在缸底撒一层盐,然后一层蕨菜一层盐地整齐码放满缸,上面再压覆一层盐,然后放木板盖缸,板上压石。大概一周到十天,要把此缸的腌蕨菜倒至彼缸,叫作倒缸,上面的在下,下面的在上,仍旧一层蕨菜一层盐,上面再撒盐覆缸,盖板压石。半个月后,即可包装上架卖腌菜。

《齐民要术》载,后魏年间,甘肃天水人吃蕨菜的方法是二月间采集,制成干菜,放到秋冬时食用。李时珍《本草纲目》更记载了明人吃蕨菜的方法:采取嫩茎,用灰汤煮去黏液,晒干当菜吃。现在人晒干蕨菜是先用开水煮,再捞出晾晒。当外皮见干时,用手揉搓,反复搓晒十多次,两三天即可晒干。一定要完全晒干,才能不发霉。吃时温水泡发。干蕨菜泡软洗净,切段与腊肉或新鲜猪肉同煮,肉香和干蕨菜的香相得益彰。

古代菜少,蕨菜能打,所以人们吃它的多,它入诗的时候也多,陆游也赞它"箭茁脆甘欺雪菌,蕨芽珍嫩压春蔬"。

《西游记》里，孙悟空救师父，也救了一个樵子，樵子答谢他师徒一餐饭，全都是野菜："嫩焯黄花菜，酸齑白鼓丁。浮蔷马齿苋，江荠雁肠英。燕子不来香且嫩，芽儿拳小脆还青。烂煮马蓝头，白燎狗脚迹。猫耳朵，野落荜，灰条熟烂能中吃；剪刀股，牛塘利，倒灌窝螺操帚荠。碎米荠，莴菜荠，几品青香又滑腻。油炒乌英花，菱科甚可夸；蒲根菜并茭儿菜，四般近水实清华。看麦娘，娇且佳；破破纳，不穿他；苦麻台下藩篱架。雀儿绵单，猢狲脚迹；油灼灼煎来只好吃。斜蒿青蒿抱娘蒿，灯娥儿飞上板荞荞。羊耳秃，枸杞头，加上乌蓝不用油。"

其中"芽儿拳小脆还青"，就应当是蕨菜了。

我们这一带，吃嫩蕨菜的时候不多，吃蕨根粉的时候多，因为蕨菜的根含淀粉，加工后可以像粉丝一样凉拌来吃，颜色是紫黑色的，吃在嘴里是韧而滑的。煮软与青红椒凉拌，风味是好的。

只是蕨菜性味寒凉，脾胃虚寒者忌食。《食疗本草》载："冷气人食之多腹胀。"不过饥荒年代，人们哪管它腹胀不腹胀，有的吃，能渡荒就不错了。就像明人黄裳的《采蕨诗》：

皇天养民山有蕨，蕨根有粉民争掘。
朝掘暮掘山欲崩，救死岂知筋力竭。
明朝重担向溪浒，濯彼清冷去泥土。
夫舂妇滤呼儿炊，饥腹虽充不胜苦。

如今生活不苦了，蕨菜也不必争着去掘来充饥腹。倒是看着蕨菜从《诗经》走来，趁着春风随处开，觉得春天是真的来了，日子真是可爱。趁着春风打蕨菜，算是人们向春天发出的一个小告白。

薤上露，何易晞

薤　露

汉·无名氏

薤上露，何易晞。
露晞明朝更复落，人死一去何时归。

　　薤上零落的露水，是何等容易干枯。露水干枯了明天还会再落下，人的生命一旦逝去，又何时才能归来？

　　这是汉魏时期的一首挽歌，出丧时，牵引灵柩的人口里所唱。据说楚汉争霸时期，田横一度自立为齐王，后兵败，与五百门客逃于海岛。西汉建立后，田横受汉高祖刘邦的征召，在前往洛阳的途中因不愿臣服而自杀。他的门客为哀悼他作了这首挽歌。

　　上古的人，说话都短，意思都饱满。太饱满了，人命真如细细的薤叶上的一滴露，别的，还用说吗？

薙，就是野蒜，长在田间野地，牛羊不到的地方——若是牛羊到，必定给吃掉。潮润润的绵土上一缕缕细细柔柔的长叶，底下一簇一簇白白的小蒜头，大小不及指甲盖。一锹下去，扬臂一扣，叶子在下，蒜头露出，香气袭来。

犹记得当年父亲带我挖野蒜的情景，那时他初得半身不遂，调理得手脚大体能动，骑着小三轮，带上我去了河滩地。一路看了些平畴方畦、地里的小麦，路旁的白杨树仍旧睁着大大的眼睛，榆钱正开，空气里一阵阵甜香传来。我爹在一片油菜花地边停下来，拐着腿深入腹地，我扛着锹穿高跟鞋迈不开步，东一歪西一倒地追。引水渠里全是细沙，小时用吸铁石一吸，就刺猬一样长满了铁屑。长长的渠岸上长满薙的柔细嫩绿的草叶，我欢呼着一爪子拔下去——没有连根拔起，这东西怂脆，齐齐断开。用锹小心翼翼地铲，野蒜苗被铲起，倒扣过来，白白小小的蒜头在黄土里星星点点地眨眼。

野蒜，百合科，多年生草本，气味相似大蒜，故名野蒜；根色白，又名薙白。此外，又欺负它蒜头小，称小根蒜。

我挖野蒜不是看中它的上古的薙草的身份，我是图它和家蒜一样，能吃。野蒜和家蒜出身是一样的，不过一个成了家臣，一个成了流浪的武士。一个圈养在人类的封地里，吃得肥头大耳，一个流浪在广袤的田间地表，承风历雨。生活环境决定了它长不大，而占有的社会资源少又限制了它的个体发展，然而这一切却无碍于它的群体壮大，好比布衣短褐乡民草众死死生生。

野蒜的吃法很简单，就是蒸野蒜饼子。把野蒜小小的蒜头

一个个揪下来，再清水洗干净，和进玉米面里，放一些盐，像蒸一般的玉米面饼子一样，上屉蒸熟。野蒜熟后变软，有一股细细的蒜香，和着盐味，不用就菜。再喝一大碗玉米面粥，就是农家一餐饭。这东西挖着容易，洗着麻烦，所以吃野蒜饼子也不是天天有的事，偶尔吃一次，能记好几年。

明明都是蒜，家蒜就不能用来蒸蒜饼子，野蒜就能，不知道是什么道理。

而且野蒜细茎如针尖，那夜露挂在茎上，也不过大小如针尖欤！日光一烘，霎时无踪，确实不由得慨叹：人命如薤命。

后来查资料，我发现它还有一个我以前不知道的名字：藠头。原产地就在中国，而且它还可以摆脱在野的身份，在长江流域和以南各省区广泛栽培。

栽培来做什么呢？可以做罐头。

我是北方人，没吃过藠头做的罐头，据说是味道酸甜可口。

而且资料上说它还可以供药用，消食、除腻、防癌，可以出口创汇。秦汉时期的《神农本草经》中已有记载，并说它有"轻身不饥耐老"之功。南北朝时著名的养生学家陶弘景认为"薤性温补，仙方及服食家皆须之"。

关于薤可入药，还有一个传说：一个叫薤白的河南人在京城做官，公务繁忙，积劳成疾。太医说他得了胸痹，万难挽回，除非清静休养，或能延寿。并向他推荐一个山野寺庙，庙里有个老和尚，颇懂养生之道。

薤白告假，去庙里找老和尚去了。

老和尚招待他吃菜馍面汤，他吃着菜馍很香，老和尚告诉

薤

他,这是用山中小蒜做的。

此后,薤白就在寺里住了下来,天天跟着老和尚健身,吃的就是山小蒜掺米面做的饭。没想到,数月之后,竟身体大好,于是回朝。

这次太医一诊,十分高兴,原来他的身体好了。

此时,正赶上皇上也得了胸痹的病症。太医想着薤白能好,说不定就是因为小蒜是一味良药。只是按规定,药未入医书,朝廷是忌用的。

太医把这事儿跟皇帝说了,皇帝下旨让人采来山小蒜,太医煎好,皇帝连服数日,症状见轻。于是山小蒜就被皇帝降下一道旨意,以"薤白"之名入了药书。

从此,中药里又添了"薤白"一味。

这么一来,它就显得世俗多了——世俗也没什么不好,能做菜能入药,比能让人感叹、让人下泪可能更好。

我有一个好友,我叫她"老家伙"——她也叫我"老家伙"。我们从二十多岁就开始这么互相叫了,一直叫到了我将近五十岁,她五十三岁了。然后我就没得再叫了,因为她走了,离开了。

在她走之前,最近几年,彼此际遇已经让我们分开,在各自的轨迹上运行开了,重叠的轨迹少到几乎没有。可是我仍旧时时想起她来。我觉得,哪怕我们彼此一年一年地见不着面,在我看不见的地方,你好好地活着也好。

可是没想到她走得这样早。

得知她病后,看了她两回,两回她都在病床上。第一次就惊了我一跳,什么时候她变得这么瘦了?本能地想摸她的手,但又不敢摸。我的手凉，感觉凉得都能够直接渗进她的骨头里。她躺在床上正在无助地流着泪，情绪好了之后，又开始跟我们虚弱地笑。她平常的笑容特别有感染力，张开大嘴，"哈哈哈哈哈"，好像这一辈子听她的笑声就觉得她一点儿发愁的事情都没有——但是事实上她发愁的事情太多太多：幼年丧母，青年丧夫——她的丈夫死去之后的三更半夜，我不止一次接到她的电话。一个人要痛到什么程度，才会半夜给别人打电话，把你从睡梦中叫醒，而叫醒之后，却只能听见她的一声声压抑的哭泣，没有一句话。

到老来，好不容易把儿子拉扯大，结了婚，生了子，在本可以安心地当奶奶退休养老的年纪，却得了这样不好的病。

这个人向来有什么好东西是一定要分享和共享的，每天的生活除了上班之外，就是和闺蜜们一同逛街呀，包饺子啊，聊天啊，所以她的身边总是聚集了很多很多的人，就好像是扑火的飞蛾一样围绕着她。

想着将来老了，满头白发，我们坐在一起可以共话流年，没想到她却是最早要撤席的那一个，而且采用的是这样惨烈的方式，得的是世界上最痛的病症——胰腺癌。漫长得如同凌迟一样的治疗过程，耗尽了她的骨血皮肉。

第二次同事约我一起去看望她的时候，我看到的她已经不再称其为"她"了，那只是缩在床上的一个小小的皮包骨头的骷髅架子。一只眼睛半睁着，另一只眼睛闭着，旁边有人在温柔地抚摸着她，想要为她减轻一些痛苦。在这种情况下，她的意识仍旧是清醒的，还在勉强地说着夸奖我们的话。她对儿子说：

"你这些姨们都特别好。"一辈子没见她说过别人的坏话,永远都在说好话,永远都在向别人说她们做得好。试问谁又不想得到肯定呢,谁又不想围绕在这样一个总是不厌其烦地给自己肯定的好人身边呢?

她真的很像《乱世佳人》里面的玫兰妮。看到她才知道现实中原来真的有这样的天使一样的人,而这样的人也往往真的是时不假年。

——人间的水土是不适合天使生长的,所以天使往往是来了之后就会很快地又重新离开。不是她想离开,而是这样的水土养不活她。

她去世了。看着她的遗容,泪像珠子断了线,止也止不住。短短数年间,我的父亲死去了,我的母亲死去了,就好像是一个信号一样,吹响了身边的亲朋好友一个个离世的号角。又好像本来我的父亲和母亲就像一把大伞罩在头上,有他们顶着,我就感觉不到生离死别的哀伤,而当他们离去之后,这种哀伤就通通地浇到了我自己的头上和身上。

我在不知不觉地变老,泪窝开始变浅,开始控制不住自己的眼泪。我老了,而有的人连老的机会都没有了。送好友安葬的陵园是建在一片沙地上的,一块块石碑排成方阵,来不及铺上石板的土地上长出一丛一簇的薤草。清晨草尖上顶的那一滴小小的露水,这个时候,早被太阳烘干了。

日常柴米油盐好过伤春悲秋。逝者已矣,日子总归是要活人一天天地过。

蒹葭苍苍,白露为霜

诗经·秦风·蒹葭

蒹葭苍苍,白露为霜。所谓伊人,在水一方。溯洄从之,道阻且长。溯游从之,宛在水中央。

蒹葭萋萋,白露未晞。所谓伊人,在水之湄。溯洄从之,道阻且跻。溯游从之,宛在水中坻。

蒹葭采采,白露未已。所谓伊人,在水之涘。溯洄从之,道阻且右。溯游从之,宛在水中沚。

河边芦苇青苍苍,秋深露水结成霜。意中之人在何处?就在河水那一方。逆着流水去找她,道路险阻又太长。顺着流水去找她,仿佛在那水中央。

河边芦苇密又繁,清晨露水未曾干。意中之人在何处?就在河岸那一边。逆着流水去找她,道路险阻攀登难。顺着流水去找她,仿佛就在水中滩。

河边芦苇密稠稠,早晨露水未全收。意中之人在何处?就在水边那一头。逆着流水去找她,道路险阻曲难求。顺着流水去找她,仿佛就在水中洲。

芦苇就是这样一种东西,可以使人回忆,使人追思,使人怀想,使人念远。尤其是冬日,水边,阳光在毛玻璃一样的冰面上投下一柱毛茸茸的光晕,水边的芦苇萧萧瑟瑟的一大片,风一吹窸窣有声,细秆顶着旗样的穗头,随风摇摇摆摆,摆摆摇摇,高兴也似不高兴。

经芦苇点缀的景色,怎么都像上品的画作:疏淡的笔墨画出灰白的冰,曲曲折折的湖岸,湖边的乱石,一只两只孤零零的舟,都被掩映。

芦苇也不总是疏淡的,唐代一个不出名的诗人王贞白有《芦苇》诗,倒是把它写得热闹:

"高士想江湖,湖闲庭植芦。清风时有至,绿竹兴何殊。嫩喜日光薄,疏忧雨点粗。惊蛙跳得过,斗雀袅如无……"只是热闹里有风有雨,却不见人影,又热闹给谁看呢?

又有白居易的"苦竹林边芦苇丛,停舟一望思无穷。青苔扑地连春雨,白浪掀天尽日风",春天的芦苇,风大雨大,气势惊人,如同贝多芬的《命运》。

贾岛的"芦苇声兼雨,芰荷香绕灯",这个,想必是夏季的芦苇了,荷花盛开,把一豆孤灯淹没在浩荡的香气里面。雨打在芦苇上,沙沙的一派声响,那样的孤单也教人神往。

而唐人郑谷的"杳杳渔舟破暝烟,疏疏芦苇旧江天。那堪流落逢摇落,可得潸然是偶然",显见得是秋天了,芦苇疏淡江天

芦苇

暗，一林黄叶送残蝉。

　　如今芦苇已经结穗，芦苇丛伸出一支一支的水烛，就是蒲棒。芦苇，春天始发的时候，一池青草草青青。可是长到冬天，却长似箭杆，枯叶如刀，偏偏顶出一支支毛茸茸的芦苇头，若是蹲身仰头向上看，它居高临下，映着日光，如同旗枪，一派肃杀的模样，却又伸出一根根搞笑的棕棒，像棒槌一样，周身裹着紧匝匝的棕衣，用手轻轻一捏，就"噗"地爆开，草籽像羽毛一样，轻轻扬扬地飘出来，禁不得一丝风吹，就要想办法瞒天过海。每粒微小的种，都做着一个浩大的春天的梦。

　　阳光也打在芦苇上，也打在柳枝柳骨上，冰面上竟然零零落落还冻着些芰荷的梗。这一冰滩的荷梗，弯折成奇怪的形状，各自静默，谁知道又在怀念些什么。就像那蒲芦上的一粒种，你晓得它乘着风去了哪里？到过什么地方？可曾生根发芽，也长成一枝芦苇？抑或是沾在我的衣服上，跟我回了家？我的家乡无水啊，你可要怎么生长？

　　可是奇怪得很，芦苇的脚伸得够长。明明是寻常的北方平原，并没有水洼水塘，但是也有路两边零星生着一些芦苇，三五株挨在一起，有的高些，有的矮些，有的不高不矮。起了雾凇，路边衰草枯杨，皆成冰枝银条。野麻草的草盘上结着霜，平白的脸大了一圈儿，还吐着一圈儿籽。芦苇也被雾凇压弯了腰，左一晃右一颭地在风里招摇。

　　桃花使人相思，芙蓉宛似热恋，芦苇令人怀远。爱也爱过了，想也想过了，相思也相思过了，分离也分离过了，仇也仇过了，恨也恨过了，一切的日子，都希望它像湖水一样，平平静静地过去就好了。至于芦苇吗,罢了,春天来了,你青便青罢;夏天到了,你怎么繁盛都随你;秋天你可以举出旗头;冬天你可以满头白发,顺便再顶上一头雪,更可以扮演久别的寒凉。

　　世界情爱,只管四季轮回,至于我,我是苍苍的蒹葭,看着你们相思。

野有嘉木

盘石长自闲，空原偶谁筑。
尘氛见荒林，物色存古俗。
絮絮弄幽花，苍苍荫嘉木。
遗牛上岩颠，惊麇出榛腹。

白杨多悲风

古诗十九首·去者日已疏
汉·无名氏

去者日以疏,生者日已亲。
出郭门直视,但见丘与坟。
古墓犁为田,松柏摧为薪。
白杨多悲风,萧萧愁杀人。
思还故里闾,欲归道无因。

死去的人因岁月流逝而日渐疏远了啊,活着的人却会因离别愈久而更感亲切。

走出城门,来到郊外,放眼望去啊,却只见遍地荒丘野坟。

古墓被犁成了耕地啊,墓地中的松柏也被摧毁而成为柴薪。

白杨树在秋风吹拂下发出悲凄的声响啊,那萧萧悲凄的声响愁煞人。

身逢乱世，羁旅天涯的我想返回故乡啊，但心想回家却又找不到回家的由因！

这首诗里的白杨树，给人的感觉是那样的悲哀、荒凉，因为风一起，萧萧声最是惹人思乡。周作人自陈树木里边他所喜欢的第一种是白杨，就是因为它能有瑟瑟的声响："我承认白杨种在墟墓间的确很好看，然而种在斋前又何尝不好，它那瑟瑟的响声第一有意思。我在前面的院子里种了一棵，每逢夏秋有客来斋夜话的时候，忽闻渐沥声，多疑是雨下，推户出视，这是别种树所没有的佳处。"

阳光明亮，办公室三楼窗外的大杨树的树头在微微的风里摇摆，数不清楚多少叶片扑啦啦上下翻飞，拍打成连天连地的风响。夏天的北方，是大杨树的天下。到处都是大杨树，高大的、挺壮的，青白的树皮，深绿浅绿的叶。树头长到三四层楼高不足为奇，阳光它也先接着，也先接着风和雨。

回家的路上，公路像风中的飘带一样蜿蜒前伸，路两边种的大杨树层层叠叠，也蜿蜒着向前飞跑。心情也跟着它倏然远逸，瞬目千里。

回到家里，房屋围墙外边就是一片杨树林，有的已经长成，像大高个子的男人，叶片肥厚，树干粗挺；有的还是幼树，已经直溜溜地指向天空，但是叶片小而身躯细。长成的树也罢，未长成的树也罢，风声一起，便卷起叶涛阵阵，使人如在水边，听着涛拍岸响。

一点都不矜持。

也是，树要什么矜持？矜持是动物才会有的姿态，是人才

会有的姿态。直来直去的不好吗？但是人就是不肯。真让树看不上，又让树没脾气。

初春时节的杨树，初生的叶片浅碧丝金，太阳一照，蛋圆的一枚枚亮片，风一吹，闪闪的，像小孩子眼睛一闪一闪地笑，又像刚睁开眼睛的幼猫幼犬，毛茸茸幼稚可爱。奇怪的是，壮汉一样的白杨树，会生出朵朵杨花，暮春时节，到处飘飞，一团团逐队成毯。

杨树花也是和柳絮差不多同时在春天到处飘舞的。只是杨树飘舞的是杨树的花絮，杨树花飘飞后，杨树的种子就结成紫红色的串子长在杨树树条上，仿佛是在小树枝上长满了一串串紫红色的"毛毛虫"。柳树飘舞的是柳树的种子，是柳树自我繁殖的方式。杨树花与柳絮在形态上都是很相似的雪花样，又几乎在同一时间开放，大概就因为这个情形容易使现代的人们把古代汉语中的"杨花（柳絮）"与现代汉语中的杨树花混淆了。

苏轼的《水龙吟·次韵章质夫杨花词》中有：

似花还似非花，也无人惜从教坠。抛家傍路，思量却是，无情有思。萦损柔肠，困酣娇眼，欲开还闭。梦随风万里，寻郎去处，又还被莺呼起。

"杨花"一词特指为"柳絮"，而不是杨树花。

但北魏胡太后胡充华就作过一首杨树花诗，名为《杨白华》：

阳春二三月，杨柳齐作花；

春风一夜入闺闼,杨花飘荡落南家。

含情出户脚无力,拾得杨花泪沾臆;

秋去春还双燕子,愿衔杨花入巢里。

春天的二三月份,柳树发芽杨树也开了花。春天的风吹了一夜,杨花被吹落到院子里。想出门走走又有些乏力,看到杨花落在地上竟有些伤感。春天到了,燕子开始筑巢。

胡充华以杨花隐喻逃往南方的情人杨华,巧妙双关,哀婉动人。她把自己的理想抱负与梦中情人的缠绵哀思、离愁别绪以及自身的抑郁不得志寄予温柔多情的杨花,希冀从中寻求自己的归宿。

通常情况下,古代诗词中"杨柳"意象不是指杨树和柳树,而是单指柳树,一般是指垂柳,这是一个词。而现代汉语中说的杨、柳,是两种不同的树木,前者代表如白杨树,后者就如一般的垂柳了,不过它们同属杨柳科。

但在这首诗中,她把杨与柳相提并举,自然分别说的就是杨树与柳树了。

《呼啸山庄》里,希斯克利夫生下来就贫穷低下,被收养后仍旧不受人尊敬。好不容易找到了自己的爱情,就因为自己不够体面让凯瑟琳看不到未来,她就嫁给别人。他爱凯瑟琳,也恨她,当她死去,他依然希望凯的灵魂可以纠缠他:"凯瑟琳·恩萧,只要我还活着,愿你也不得安息!你说我害死了你——那么,你就附在我身上吧!但愿你永远和我在一起——以任何形式——把我逼疯吧!只是,不要把我丢在这里,这里,我找不

杨 树

到你！啊，天啊，没有我的命根子，我不能活下去呀！"

这样泼天泼地的爱，真像大杨树开出的漫天漫地的杨花，生命脆弱，禁不得一把火，轰一下燃了，又轰一下熄灭。

过了盛夏的繁华，到了秋天，杨树的叶子就一片片地变黄，一开始是明黄色，像烧着的火。渐渐的颜色转深，叶片也显得斑驳，像是煤块似的，要被时光变的火渐渐烧到要透了。这个时候，风一登场，它们就凉凉。人也禁不得秋风吹，只好缩回屋里，隔着窗子看。乌云低垂，天不高，风的气概却阔，院外高高的白杨树，被风一巴掌一巴掌的，慢慢地就把满树的叶子都打落了。

到了冬天，杨树的叶子彻底落光，整个华北平原的大杨树都光着身子矗立在寒风和大雪中。去年雪后，去火车站，到处都是满满的雾凇。行到半路，停车揪着雪草跳下路旁的深沟。沟里种着白杨树，日阳已出，仰头只见湛蓝的天空映着银白的树头，一阵风擦着鼻头微微地吹过，就有一小片一小片的雪往下飘飘扬扬地落。朋友使坏，一脚踏在树身上，细雪如银沙，哗哗啦啦地撒下。

数日后从异地回返，满地雪已化尽，雾凇也没了，土地裸露出苍黄，草与叶也都凋落殆尽，唯余草骨与枯枝，真是图穷匕见。

原来落尽了叶子的杨树是这个样子的，一根根树枝既不攒三，亦不聚五，只在各自的位置上，用细细的枝尖沉默地指向天空，整棵树看起来像一个五指指尖向着天空并拢的手掌。就在这时，竟见一片杨树林，可煞奇怪，每棵树有那么多细枝子，

竟都有那么一两根枝子上,每枝顶一片叶子。真的只一片叶子,却零零落落地在寒风里抱着枝头摇摇摆摆,像一只只小鸟,伶仃的细脚踩着细细的枯枝,唱着人耳听不到的细细碎碎的歌子。

而这一丛丛的枝子,又抱紧了树的身子,像是一具完整的鱼的骨架,直直地竖向天空。

叶鸟鱼枝,天下竟有这般普通又奇妙的景致。风一大就看不见了,因为叶子就全被吹落了;雪一下就看不见了,因为眼睛只肯看见白雪;春日看不见,因为所有叶子都冒了出来抢戏;夏日看不见,因为叶子把树头裹得严严实实,里三层外三层盛妆严饰;秋日看不见,因为虽然北风吹,叶子们还拼了命地紧抱树枝;冬日也不是时时刻刻看得见,因为人心多忧乱,看见也是看不见。屋里看不见,楼厦纷立的所在看不见,唯有在这北方的寥落阔大的田野,且这一时心是静的,天地万物皆静,风声也静,天地间有一种佛陀垂目的无悲无喜,它便肯教人看见了。

一霎一时也成了一生一世。

满地槐花春草生

太平坊寻裴郎中故宅
唐·子兰

不语凄凉无限情,荒阶行尽又重行。
昔年住此何人在,满地槐花秋草生。

这个叫子兰的诗人,去太平坊寻访裴郎中的旧宅院,结果所见景象,一片荒凉,过去住在这里的人如今已经不知道都去了哪里,目中所及,只有满地槐花和秋草。

不对呀?为什么要把槐花和秋草放在一起写呢?槐树难道会是秋天开花吗?为什么我们这里的花都是农历四月的晚春开?所以应该是"满地槐花春草生"才对。

不光他这样写,白居易有一首《暮立》:

黄昏独立佛堂前,满地槐花满树蝉。

大抵四时心总苦,就中肠断是秋天。

这不光是把槐花给安排到秋天来开,而且把满树的蝉声和满地的槐花都一起安排给了秋天。诗人都不按照四时顺序来过的——槐花是晚春,而槐花开时,蝉声未叫,蝉声叫时,时序已是浓夏。

——后来我才明白,槐树有两种,一种是洋槐,一种是笨槐。

笨槐就是我们通常所说的国槐,原产于中国,无刺,农历六七月开淡绿花,结槐角。也就是诗人所说的槐,确实是于夏末秋初开花,开花的时候,确实是满树蝉声响,而且开出的花不能吃,倒是结出的槐角能吃。

小时候我吃过。

槐角像豆角似的,长在笨槐树上,一根根摘下来,我娘上屉蒸熟了让我们吃,口感吗,有点弹牙而清甜的感觉。不像寻常蔬菜,吃起来虽不大难吃,但心里觉得不好接受,所以只吃过一两次就不肯再吃了。

旧时农家,其实吃东西蛮多看不见的障壁的:只吃正儿八经的菜蔬和肉类,稀奇古怪的东西虽是能吃,但哪怕饿着肚子,也不大肯吃。槐角不算菜,所以不怎么有人吃;就像对于我们家乡的人来说,只有猪肉、牛肉、羊肉算正经的肉,所以河里虽然有鱼游着,也不大捞来吃,有人家捞上来一只脸盆大的鳖,也没人肯吃。河滩上跑的鹌鹑、天上飞的麻雀,人也轻易不吃它。

当年苏东坡被贬黄州,那个地方的人就不兴吃猪肉,所以才给苏东坡留下了创造东坡肉的余地和空间:"净洗铛,少著水,柴头罨烟焰不起。待他自熟莫催他,火候足时他自美。黄州好猪肉,价贱如泥土。贵者不肯吃,贫者不解煮,早晨起来打两碗,饱得自家君莫管。"

  长大后,搬进小城。城里有几条老街,不宽的街道两旁栽有许多的笨槐,每到夏末时节,便会开出满树头的黄黄绿绿的槐花,点缀在绿森森的树冠丛中,一闪一闪的,是上得了品的国画。笨槐活得时间长了,胳膊伸得就长,两边路上的槐树臂膊交缠,搭出一条阴凉的通道,车开过来,像从时光里开过来;人走过去,像往时光里走过去。路两旁的人互相喊话,声音都觉得小一些——起码有一半的声音被槐树吸走了。也不知道它们吸那么多的车声人气是要干什么。

  其实小城里到处都长有笨槐树,蛋圆的槐叶细细密密,春季发嫩青,一片片阳光照得通透,好似翡翠贴片。到了夏天,簪一头淡绿花,浓荫一片,筛得日光斑斑点点。秋风起,槐叶落满庭院街前,用扫帚一点一点扫过去,地上划拉出一条一条的灰线,秋便格外深,格外远。转眼便到冬天,树干曲虬,繁华尽褪,叶落枝纤。那样细细密密攒攒簇簇的枝子,一点一点勾画在蓝蓝的天做成的画板,无一笔是苟且,无一笔是敷衍,无一笔是横斜无度,无一笔是拘挛。就那样沉默、安静、淡然、舒展。

  城东的大佛寺里有两株隋唐时期的大槐树,都各自半空了树干,却又依然年年生叶开花。风云变化,雷电交加,别的树都在不同的时段被不同的雷电劈得喊里咔嚓,却只有它们始终

张着那样细密却巍巍的庞大树冠,沉沉稳稳地蹲踞在那儿。

它们也曾年轻过,也从幼苗长成得来。它们看到过波光荡漾,鸥鹭飞翔,看到过一千多年前的星光,看到过柴米油盐的凡俗人世,看到过连天蔽地的无情战火,看到过饥馑,看到过年丰,看到过希望,看到过绝望,看到过哭泣,看到过欢颜。它们什么都看到了,一边看到,一边成长,数不清的歌哭封存在沉默的年轮里面。

如今,它们是老了,老得安静,老得慈祥,老得伛偻,却仍把满树的青青嫩槐叶,灌满它用生命拧出来的汁液,老得可入诗,可入画。

笨槐的花是不能吃的,但是古人会吃槐叶,甚至还吃初绽的槐芽。

槐芽苦,可上火蒸,再焙干,苦中有清香,爱清苦的人可以"代茶饮",不宜饮茶又嫌白水寡淡的人亦可"代茶饮"。明代有《竹屿山房杂部》一书,讲槐芽用盐汤泡过,晒成"槐芽干",可煎可炒,也可放进肉汤里,荤食有清味。

到了槐树的嫩叶滋生,采下来沸水中焯熟,用水浸去苦味,拌姜末、醋,即成凉菜。陆游写过一首《幽居》诗:

　　荠菜挑供饼,槐芽采作菹。
　　朝晡两摩腹,未可笑幽居。

吃着它,也算幽居了。

《农政全书》又记载明时有人喜欢做"槐叶煮饭",应该是先

槐

将槐叶泡去苦味，再投入水中熬成汤，再加白米煮成饭，味道未必多勾魂，勾魂的是颜色。

最有名的还是槐叶冷淘，其实就是槐叶取汁揉面，做成的凉面。北宋黄庭坚就曾经列举出三种他认为最美味的食物：一是同州羔羊蒸到烂熟，浇上杏酪调味；二是用南京白面做的槐叶冷淘，以襄邑的熟猪肉为卤；三是由吴人将松江鲈鱼切成鱼鲙，与共城香稻饭配食。

杜甫还写过一首《槐叶冷淘》诗：

> 青青高槐叶，采掇付中厨。
> 新面来近市，汁滓宛相俱。
> 入鼎资过熟，加餐愁欲无。
> 碧鲜俱照箸，香饭兼苞芦。
> 经齿冷于雪，劝人投此珠。
> ……

为什么要说"投此珠"呢？估计不是面条，而是一个个圆圆小小的面球。凉凉的，绿绿的，冰过的，好吃得很吧。暑热天气，平常人家哪有冰可用，用得起冰的是宫廷，所以这是大内才能做出来的美食。因其难得，所以名贵。

成书于南宋末年的生活百科全书《事林广记》中记有一道"翠缕冷淘"，把新嫩的槐叶采下来，搓揉研磨取汁，再照依平常的法子和面，把槐汁糅进去，加倍地揉，然后捏成薄薄的片，再切成细细的条，开水煮熟，过凉水，随意做什么浇头都可，味道既甘美，颜色又青碧，吃起来很舒服宜人。而且它还特地说明这是"坡仙法"，也就是苏东坡的法子。这家伙也算是会吃的了。

当然，对于洋槐来说，就不必吃它的叶子了，直接食花。

洋槐是有刺的，原产美国，17世纪传入欧洲和非洲，中国则是于18世纪末，也就是清朝，从欧洲引入青岛栽培，然后开始遍布全国。

洋槐于农历四月开花，所以我年年四月赏槐花、吃槐花，赏的和吃的，都是洋槐的花。

我家乡的滹沱河畔原先有一大片的槐树林，种的全部是洋槐。到了春天，叶子初发，清浅的碧色，阳光照得透，圆圆小小，一时春光催得茂盛起来，整个树冠随风摇摆，盛大中也透着一丝稚拙。远望去，像顽童拿笔点着鲜翠的绿墨，这里点点，那里点点，这些绿点子连成片，又各自独立成点子的模样，风一吹，活起来，动动荡荡，如幼儿手里端的水碗，倾欹歪斜。

及至晚春，槐花才刚刚冒出头来，在高高的树枝上、绿叶纷纷的掩映中，这一嘟噜那一串地开始招摇了。于是家家户户的女人们拿着大包袱去捋槐花——人口多，捋少了不够吃。回去将槐花洗净，稍加些面糊，然后用油煎得焦黄。几个小孩子人手一个，跑到大街上围成一圈，一边说笑一边吃。双手拿着饼，猛咬一口，看谁咬得茬口整齐。槐花饼纤维交错，牙咬不断，要咬一口拽一下，所以咬口多参差不齐。谁咬得齐，那牙一定瓷白整齐！不过，这种东西费油，还是改用烙的，省油些，晾凉了吃，满院子香气扑鼻，吃过后整天觉得花香在口。古人要餐秋菊之落英，是因为它的清芬之气，让人有出尘之思。槐花是纯粹入世的东西，餐了槐花，一身的烟火味，倒更觉得亲切。

槐花还可用来蒸窝头、贴饼子，尤其用柴锅贴出的槐花饼子口感特别好，甜丝丝、香喷喷，饼子上结着一层焦黄的嘎渣，又香又脆。

槐花还可以蒸槐花"苦累"——我们老家叫"苦累"，还有的地方叫"拿糕"或是"拉糕"，问当地人，也不明其意，私下里想着，也许是玉米面蒸的，吃起来拉嗓子，所以叫"拉糕"。谁知道呢！

做法是八成的槐花，二成的面——二成的面里面，又是九成的玉米面，一成的白面，加少少的一些水，拌匀即可，水不可多，上屉蒸，开锅就熟。

炒菜锅烧热，放底油，花椒煸香，放葱姜蒜、酱油、盐、蚝油，略点一点醋，烹出香味，关火。槐花苦累从屉上倒出在盆里，把炸出的料油放入，搅拌均匀。如有不爱这样料碗的，也可单纯用酱油、醋和蒜末调一个料碗出来，夹一筷子往料碗里蘸一蘸。

槐花若是生吃，不若榆钱鲜甜，而且吃多了嘴巴会麻——因为它略有毒性。蒸过之后，毒性没有了，槐花的清甜之味不减。这么一顿简薄的槐花餐，过闲吃它无味，过繁吃它无心。从忙里偷出一点闲来，吃上一次，觉得还有些人生的小意思。

槐花还可以炸槐花丸子。槐花洗净，裹一把白面，撒几粒细盐，拌匀。坐锅，放底油，烧七成热，抓一撮儿团一团放进去，咕嘟咕嘟地炸起来。见它金黄变色，捞出沥油，盛入瓷盘。一口儿的好滋味。

前几年和一群友人去一处野槐林赏槐花，谢掉的槐花在沙上铺了一层花毯，一阵风过，纷纷扬扬，细小的花瓣就那么样花谢花飞飞了满天。一个朋友发现了一枯树根，撺掇我去跟它合影。过后把照片发了来，枯寂的树根和一个尚未老去的人，它也半蹲，我也半蹲。可是放大来看，触目惊心，我的背后是一片尖尖圆圆的坟。

世上事，恩恩怨怨，情情仇仇，做人不如做槐树，说话不如开槐花，生是呼呼啦啦一大片花海展开，死是纷纷扬扬一起落去。花老在岁月里，风起于沟壑林丛。生命霎时寂灭霎时生。

吹面不寒杨柳风

咏 柳
唐·贺知章

碧玉妆成一树高,万条垂下绿丝绦。
不知细叶谁裁出,二月春风似剪刀。

柳树像碧玉装扮成的美女一样,千万枝柳条像她那绿色的丝带。知道这细嫩的柳叶是谁剪裁的吗?就是那像剪刀的二月春风啊!

小时候没有玩具,柳树一身都是玩具。到了春天,春光明媚,柳条上栖满金龟子。不是金龟子,是柳芽苞儿,有的凌空欲翔,已经振翅,再得几个暖晴,就能长成柳叶儿。有的敛翅悬停。还有那不上进的,搂着柳条睡大觉,攒成球儿,管你外边怎样风晴日暖。

这个时候,柳树枝儿柔软起来,像是吸饱了春天。小女孩儿可以给长长的柳枝编小辫儿，手艺一般的编三股辫儿，手艺好的编五股辫儿。可怜大柳树本来个子高高大大的，像个汉子，如今满头的小辫儿。

及至柳苞长开，舒展成了翠片似的柳叶儿，每天我们背着花书包上学的时候，就会随手扯下几根柳枝，编成一个帽圈儿戴在头上，这能遮挡多少阳光？就是图一个好玩儿。老师登上讲台一看，满教室戴柳圈儿的小孩儿。更有小孩嘴里叼着柳哨儿，吹出"吱吱儿"的声音。

柳哨儿好做得很，折下一小段柳枝儿，再把这截柳枝儿的柳皮褪下来，然后用小刀把柳皮的一小截外皮刮净，留一层薄的内皮，含在嘴里，就能吹出声音。柳枝嫩的时候，满村庄都响着柳哨儿的声音。

那个年代，我们的村庄一家家都被笼在大杨树、大柳树里面，不是烟笼寒水雾笼沙，是柳笼村庄杨笼家。

所以我们天生就和杨树柳树亲。

我们爱柳树，丰子恺也爱柳树。他爱柳，倒也不是爱它的鹅黄嫩绿，或者说爱它的如醉如舞，或者说爱它像小蛮的腰，或者说爱它是陶渊明的宅边所种的，如此种种理由，都是牵强的。倒是因为这种植物是最"贱"的。"剪一根枝条来插在地上，它也会活起来，后来变成一株大杨柳树。它不需要高贵的肥料或功深的壅培，只要有阳光、泥土和水，便会生活，而且生得非常强健而美丽。牡丹花要吃猪肚肠，葡萄藤要吃肉汤，许多花木要吃豆饼，杨柳树不要吃人家的东西，因此人们说它是'贱'的。大概'贵'是要吃的意思。越要吃得多，越要吃得好，就是

柳

越'贵'。吃得很多很好而没有用处,只供观赏的,似乎更贵。例如牡丹比葡萄贵,是为了牡丹吃了猪肚肠一无用处,而葡萄吃了肉汤有结果的原故。杨柳不要吃人的东西,且有木材供人用,因此被人看作'贱'的。"

而且柳树态度好,不像别的花木,向上发展,罔顾黑暗沉埋的花根树根。而杨柳却是越长得高,越垂得低。"千万条陌头细柳,条条不忘记根本,常常俯首顾着下面,时时借了春风之力而向处在泥土中的根本拜舞。"

丰子恺爱柳,诗人们也爱柳。陆游写"山重水复疑无路,柳暗花明又一村",志南写"沾衣欲湿杏花雨,吹面不寒杨柳风",杜甫写"两个黄鹂鸣翠柳,一行白鹭上青天",欧阳修写"月上柳梢头,人约黄昏后"……

诗人爱柳树,和尚也爱柳树。一休向村田珠光讲起赵州和尚"吃茶去"的公案,并问他对赵州"吃茶去"的看法。珠光默默地捧起自己心爱的茶碗,正准备喝的一刹那,一休突然举起铁如意棒,大喝一声将珠光手里的茶碗打得粉碎。珠光一动不动,过了一会儿便向一休行礼离座。走到玄关时,一休叫住珠光问道:"刚才我问你吃茶的规矩,但如果抛开规矩无心地吃时将如何?"珠光静静地回答:"柳绿花红。"

真是,喝茶就是喝茶,哪有什么规矩!生命就是生命,哪有那么多的对比!生命可以是一把陶壶、一口水缸、一片羽毛、一根丝线、一团火、一汪醋、一首诗、一种痛苦,什么形状都有,什么性质都有,什么毛病都有,问题是,当生命是这样那样的时候,都没什么要紧,要紧的是我们的心,一定要安稳。

　　《妙法莲华经》上说"世尊从甚深禅定中安详而起",心安则祥,没有昨天,没有明天,只有现在。活在安详里的人,没有烦恼,没有人能攫夺他心灵的喜悦,人生的柳绿花红,即使在苦痛中,也能丝丝缕缕地绽开。

　　和尚爱柳树,美女们也爱柳树。这天,史湘云闲着无聊,见柳絮飘舞,填了一阕《如梦令》:

　　　岂是绣绒才吐,卷起半帘香雾。纤手自拈来,空使鹃啼燕妒。且住,且住!莫使春光别去。

　　别人怎么爱与我无关,我的眼睛一到春来,总是对柳树先看得见。柳枝上一粒一粒的,风一吹有一种水波纹似的感觉。密枝间藏着许多鸟,叽叽喳喳,你们天天有多少会要开?

　　连着几天都阳光甚好,只有今天是薄阴天气,开车出去玩,就见一个陌生的小村庄,进村的弯弯曲曲的小路的路口把着一棵大柳树。树是长得真好,那么好,扭着身子,树冠把整个小道遮严了。远望去是一团绿云,近了看,是一小片一小片的翠片贴出来的繁华。

　　"梨花院落溶溶月,柳絮池塘淡淡风",若是谁家有一个院落,院里种着梨花,花开在月下,那是怎样的境界;偏偏门外又有池塘,塘边又植着垂柳,柳絮又处处飘飞。好得教人心疼。这个时候,热闹反而是不好的了,一个人在梨花树下看看月亮,踱到池塘边捉捉柳絮,无所用心,思之极美。

　　《小窗自纪》里有这样一句话:"清疏畅快,月色最称风光;

潇洒风流,花情何如柳态。"意思是,若论清幽明朗,令人心神舒畅,月色最是无限风光;若论意态潇洒,神情风流,花的面貌怎么能比得上柳的模样?

确实。太阳和月亮相比,一阳一阴,日头盛盛烈烈,月亮清清凉凉。民间叫太阳有"老爷儿"的说法,称月亮有"老母"的说法,二者也正如严父慈母一般,骄阳当头,育养万物,月挂中天,滋润人间。比起日头之威,人们还是更喜欢月色之柔。看那月洒竹梢,风拂叶动,格外如画,果然令人清疏畅快。

鲜花和柳丝相比,二者同为美人,鲜花艳丽而柳丝清淡;鲜花繁盛而柳丝袅娜。鲜花着锦人人爱,可是热闹太过了,也教人感觉有些疲累;柳丝映月,微拂凉风,适宜吹笛清音,确实潇洒风流。

天上白榆树

榆林驿
明·尹耕

天上白榆树,千秋紫塞阴。
隔林观猎骑,时有射雕心。

白榆树高高的,好像长到了天上。边塞看上去阴阴的,像是已经伫立了千年。

隔着树林可以看得见打猎的马儿飞奔,引得人也时不时地生出弯弓射大雕的豪情。

诗里的白榆树,就是农村常见的榆树。

小时候,家家户户房前屋后种杨树、种槐树、种柳树、种榆树。这数种树好比人家屋头养的狗,除了有脚不会跑,不会汪汪叫,与人的感情和狗无差,彼此间既亲近又依赖。人不是像对待宠物狗一样的给它梳头洗澡剪指甲,像伺候儿子一样周周到到,就像中华田园犬,人走了它会看家,人回来了它会摇尾巴,有吃的给它一口吃,吃完了到处跑着玩。

——树不会跑,但是树会在风里摇。

摇来摇去的,就长大了。所以古老的村庄都多树,且多老树。有的村庄有多老,树就有多老。有的树又比村庄还老。

槐树是初春与深冬好看。初春槐树卵圆淡碧的叶,深冬槐树叶已落尽,细微枝柯尽现,茸茸簇簇,映着淡色的天。

柳树亦是初春与深冬好看,春来嫩柳如丝,风来轻拂,清潭照影;深冬叶亦落尽,明晃晃的阳光往下照,你抬头向上看,柳枝染金,飞瀑如泻。

椿树则是盛夏浓时好看,大椿树碧叶如涛,风吹如怒,像深壑,像幽谷。

榆树只有初春好看,因叶尚未生,枝丫转青,簇簇生的有生嫩碧鲜的榆钱。攀下一枝来,一攒一簇的绿花儿,一捋一把,又一捋又一把。身手矫健的人,能爬上树去一把一把捋着往嘴里送,满口清甜。我爬不上去,就举个长长的竹竿,竿头绑铁钩,钩住一枝开满榆钱的树枝转着圈儿地拧,枝子太硬,拧不动,我就自己转圈儿,把枝子拧下来,坐地上捋榆钱。

捋下来的榆钱扔进菜篮,端回家洗净。想想,剖出一小半单另放起来,余下的多一半,抓两把金黄黄的玉米面儿,抓一把白面,蒙到榆钱上,浇多半勺的细盐,拌匀后的颜色鲜绿金黄;锅里的水已经烧开,拌好的榆钱儿放进锅算,盖上盖。不过几分钟,热气升腾,揭开锅盖,绿意盈人。盛进缠枝花纹的瓷盘,看起来是一盘体体面面的蒸"苦累"了。

但是还没完。剥一头鲜蒜,捣蒜钵里捣烂,盛进小碗,再滴两点香油,倒半碗陈醋。一筷子"苦累",蘸一点醋蒜,嫌麻烦,干脆直接把味汁倒进盘,拌匀。吃一口,咳!鲜得呛人。

又可以炸榆钱丸子,与炸槐花丸子异曲同工。锅里还有昨天晚上蒸的一碗米饭,余的那小半筐榆钱,是要炒榆钱饭的。坐锅,放底油,花椒大料、葱姜蒜炝锅,倒入榆钱翻炒。愈是着热油,它的颜色愈鲜亮。磕两个鸡蛋,少半勺细盐——摸准了榆钱的脾气,这东西不吃盐,稍放一点就有味儿;拌匀,放入米饭翻炒,结块的米饭用饭勺的球面呼呼地拍散,米粒、榆钱儿、鸡蛋星儿混做一堆儿。满满一盘,尝一口,鲜的来,舌头都要往下咽。

小时候就学刘绍棠的《榆钱饭》,光看一个"吃"字了:

"杨芽儿摘嫩了,浸到开水锅里烫一烫会化成一锅黄汤绿水,吃不到嘴里;摘老了,又苦又涩,难以下咽。只有不老不嫩的才能吃,摘下来清水洗净,开水锅里烫个翻身儿,笊篱捞上来挤干了水,拌上虾皮和生酱作馅,用玉米面掺合榆皮面擀薄皮儿,包大馅儿团子吃。可这也省不了多少粮食。柳叶不能做馅儿,采下来也是洗净开水捞,拌上生酱小葱当菜吃,却又更费饽饽。""九成榆钱儿搅合一成玉米面,上屉锅里蒸,水一开花就算熟,只填一灶柴火就够火候儿。然后,盛进碗里,把切碎的碧绿白嫩的青葱,泡上隔年的老腌汤,拌在榆钱饭里;吃着很顺口,也能哄饱肚皮。"

榆树

小时候其实真没有吃过榆钱饭,当然也没吃过杨芽柳叶儿:老家里到了春天,菠菜也长出来了,青葱蒜苗也有,小菜儿就不缺;至于粮食,白面不管够,玉米面却也能管饱了,没必要吃这些。倒是家里修房盖屋,架起饸饹床子轧榆皮面饸饹,吃过几次——榆皮磨面,掺进荞麦面里,和成面团,从圆孔里轧出来,黑黑圆圆,煮出锅,浇羊肉汤,香得很,美得很。

什么时候才想起来吃榆钱?

长大了,离了乡,开始怀念老家的味儿。然后再经过一整个冬天无花、无果、无叶、无香、从骨头缝里往外散的憋闷,这个时候,春天来了,春雨也来了:

> 清明时节雨纷纷,路上行人欲断魂。
> 借问酒家何处有,牧童遥指杏花村。

清明是祭祀的时节,断魂有理;为什么还要问处买酒?难道真是一味地要借酒浇愁?远远的,杏花开处,春光正盛,柳丝掩映,茅舍矮檐。纵是农家土酒,那也要喝来纵一纵情。此时的酒不是浇愁的药,是纵一身春情的引。

春天来了。春天终于来了。花儿处处都开了,叶儿东一片西一片往外钻。人心也开了花儿,长了叶儿,痒痒的,想开更多的花,长更多的叶儿,生发更多的好精神。于是我们看花、喝酒、踏青,踏青回来吃榆钱饭。

十多年前,两个女同学来找我玩,正是初春,在城墙上折了几枝榆钱，回家喝茶闲话，一个女同学就拿出那几枝半开的榆钱，黑黑的枝子上几星绿点点绽开，她拿一只盛水的玻璃杯，把这几枝榆钱攒在一起，左摆弄一下，右摆弄一下，然后，居然成了一束花的模样。很好看。意想不到地好看，好比万顷寂寞碧涛中一叶小白船，千亩白云上一粒云中雁。

等到榆钱黄了，薄了，变得半透明，风一吹纷纷扬扬地落，一地落花。这个时候，小小嫩嫩的榆叶就钻出来了。小时候，我娘就捋了嫩榆叶搅和上玉米面，放一点薄盐，蒸榆叶菜饼子，比死面饼子好吃，就着玉米粥和小咸菜儿，也是一顿合口的饭。

榆木难解难伐，做出来的家具耐用得了不起；人的脑袋不开窍，于是也干脆以"榆木疙瘩"谓之。这么一种榆木疙瘩，它却是开的花儿能吃，苫的叶儿能吃，它的皮也能吃。疙瘩脑袋长着一颗温柔心，就像看起来很凶很凶的中华田园犬，会卧低了身子，保护小孩子。

——人类，就是它要保护、要供给的小孩子。

一枝不损尽天年

山中五绝句·林下樗
唐·白居易

香檀文桂苦雕镌,生理何曾得自全。
知我无材老樗否,一枝不损尽天年。

檀树啊桂树啊,都被又雕又镌,派了用途,看起来光光鲜鲜,可是它们自身却不能保全。倒不如我这不能派上用场的老樗树,因为无用,所以一枝不损,可以活满我的天年。

樗树,是什么树?

小时候,家里的老房子又破又矮,院子不大,有一个轧水井。紧挨着轧水井长着一棵臭椿树,很是粗壮。树头苍苍,高过房顶,风一吹,飒飒地响。

盛夏时节,空气都是热的,屋里闷得像蒸笼。看着外边的树头往房顶上投下的庞大的树影,觉得一定很清凉,就跑了出来，上了房。

躺在被太阳烘得热烫的房顶上，头顶光斑透过树叶，斑斑点点地晃，一身的热汗。实在受不了，我又下来了。我娘说："花搭凉怎么能凉快。""花搭凉"，就是这种太阳透过树叶投下来的树荫，光斑跳动，花花搭搭。我就傻傻地乘了一中午的花搭凉。

夏天这棵大椿树的叶子已经长得深绿茂密，细长的叶片一左一右、一左一右地排列在细梗上，浅绿的花一丛一簇地躲在叶间。

其实我也说不清楚它开的到底是花还是果，人家开花都是姹紫嫣红，它是黄黄绿绿。又像花片，可是花片里又包着一粒小籽儿，就像是小籽儿长了翅膀。姑且认它是花罢，大椿树开了花，我们这些小孩子，就可以玩了呀。

从娘的筐箩里拿几根棉线，跑到房顶子上，抬手摘下这些花来，放一边。然后一屁股坐下来，两脚相对，把棉线打结，一边套进左脚趾，一边套进到右脚趾，抻开。花儿是一对对地长的，把它们一对对地掐下来，每一对都让它们左一只脚右一只脚地叉开，骑在棉线上，一会儿就排布得满满的，再小小心心地解下来，套进脖子里，做项链。小孩儿们，脖子上圈着椿树花项链，手腕上圈着椿树花手镯，脚脖上圈着椿树花脚镯，一走动，花儿纷纷往下掉。掉了再摘，再穿，再戴，再玩。

好像这棵大椿树能起的作用，就是开出不起眼儿的小花花，让小孩子们穿起来这么玩、那么玩。花落了，叶密了，树高了，风一吹飒飒地愈发响了，它就不能玩了，就开始吓人了。

——夜里，爹娘都已经在大炕上睡得香香的，我爹的鼾声

樗

能掀翻房顶,我睁着眼,不敢睡。外边的大椿树摇头晃脑,阴影印在窗棂上,好像鬼影窥窗,好、好吓人。

后来,我哥娶媳妇,重新向大队部申请了宅基地,就挪到了村西,这处老房子就弃了。大椿树去了哪里?不知道。有听说榆木解了打家具的,没听说椿树也能解了打家具。也听说过杨树、柳树伐了之后卖木材,也没听说椿树能够伐了卖木材。房前屋后,边边角角,哪个村子里没有冒出来的野生的椿树嫩条呢,庄农人家,是看也不看它的,任它长。实在碍眼的时候拔一拔,平时拔都不肯拔,因为一拔,手上就留下了臭气。

——要不然你以为这"臭椿"两个字,是怎么来的?

有臭椿,就有香椿。看似大家都是一种树,实则不然大不然。臭椿为奇数羽状复叶,香椿一般为偶数(稀为奇数)羽状复叶;臭椿叶子有异臭,香椿叶子有浓香。臭椿果实为翅果,香椿果实为蒴果;香椿树的木材能做车辕、乐器和家具,是上等木料;臭椿?呵呵。

香椿叶可吃,随便哪几个客人来到,若是屋前有椿树,屋后有园,院中有鸡,可摘香椿芽剁碎凉拌,亦可香椿芽炒鸡蛋。早春时节,我家爱吃香椿豆腐,把豆腐切细碎,再将香椿芽洗净切碎,跟豆腐拌在一起,精盐香油少许,是一道难得的清凉小菜。臭椿叶?呵呵。

所以,臭椿算是最没用的一种树了。

后来,才知道它的名字,叫樗。资料上给它的定义是:"樗树,别名臭椿,落叶乔木。喜光,阳性树种……"

它就是庄子和惠子聊天的时候,谈到的那种树。

惠子对庄子说:"我有一棵大树,人们称它为樗树。它的树干臃肿弯曲不直,它的枝子卷曲不直。把它种在路边,木匠也不理睬它。现在你说的话,大而无用,会被众人共同抛弃。"

庄子说:"……为什么不把它种在空旷、没有人烟的地方?人们可以在它的旁边徘徊无所事事,心情愉快地躺在它的树荫下。不屈从于斧头,樗树又没有什么损失。没有用处,哪里来的灾祸啊!"

就是它。

因为没用,所以不必被刀砍斧锯,绳规墨矩;因为没用,不必操心劳力,殚精竭虑,损伤生机。如果想一想,把它种在无边旷野,人们有推车的、挑担的,为前程奔忙够了、累了,卸了负载,干脆跑到它的树荫下躺着睡大觉,醒过来在它的树荫下聊闲天,看见它也并不想砍了它打家具,它也安全,大家也开心,真是挺好。

各自安好,各自逍遥。

绸缪束楚

诗经·唐风·绸缪

绸缪束薪,三星在天。今夕何夕,见此良人?子兮子兮,如此良人何?

绸缪束刍,三星在隅。今夕何夕,见此邂逅?子兮子兮,如此邂逅何?

绸缪束楚,三星在户。今夕何夕,见此粲者?子兮子兮,如此粲者何?

柴火紧紧捆,抬头见三星。今夜是何夜,见着我的好人?你呀你呀,我可拿你怎么办?

刍草紧紧捆,三星对房角。今夜是何夜,会有这样的巧遇?你呀你呀,我可和你怎么办?

荆条紧紧捆,三星在门前。今夜是何夜,和着美人相见?你呀你呀,我可把这美人怎么办?

看看这首诗吧,情人相会,喜悦难耐,竟是不知道该如何是好。这可真是干柴烈火了。

"楚",就是荆条。颜色青绿深重,成片生长,味道浓烈,虫蚁不近。《诗经》里有不少写"楚"的诗句,比如"翘翘错薪,言刈其楚""扬之水,不流束楚""葛生蒙楚,蔹蔓于野""绸缪束楚,三星在户""交交黄鸟,止于楚"……能随时拿它来作比兴,可见那个时代,荆条子是长得到处都是的。

不用说那个时代,我们小时候,荆条子也是长得到处都是。村子里人家到处都有荆条子编的器具。

那时候,村子里有一个孩子,个儿高,腰弯,脖子长,顶着一个乒乓球一样的小脑袋,下巴短。每天背筐打草,谁家有红白喜事,热心得很,跑来跑去地帮忙。谁家小孩子找不见娘哇哇大哭,他帮着送到家里,就像村子里的一个守护神。

没事的时候,他就好背一个大大的荆条编的筐,到村外田里割满满的猪草,压得腰更弯了,头也更耷拉。他背的筐,提系长,筐外撇,口大肚子大,和我们这些小孩子们背的都不一样。

那时候的小孩子们也个顶个是要背筐打猪草的。有的是方筐,有的是圆筐。有的筐是新的,有的已经旧了。我有一个专属于我的小筐,是我爹特地给我趁着下雨天砍了荆条来编成的。

我爹编筐是一绝,屋外雨声哗哗,我爹坐在堂屋里,屋里放着一捆荆条,说是软的,偏偏又硬得支棱八弹的,说是硬的,偏偏又软得能够拗得弯,拧得动。他先是编出一个筐底来,再左一根右一根地扭绞着把一根根荆条插在筐底上,然后就像编辫子一样,两只手有力地左一盘右一扭,盘盘扭扭地,一只

荆 条

小小的筐就出现了,像个方方的小篮子;再安上筐柄,用大剪刀咔嚓咔嚓把支岔出来的荆条剪齐,我就可以背上它,去打猪草了。

荆条吗,就长在我家村外的河堤上,这里那里,一蓬蓬一簇簇,把整个河堤都遮得看不见。开紫花,枝条软软弹弹。起初不知道它叫荆条,只以为它是长得奇怪的柳条——人家的柳树是大身子垂下千万条绿丝绦,它是没有树身子,却长了满头的细柳条。

这种东西,在我们乡下除了编筐好像也没什么别的用处,不过编筐就已经是大用处了。谁的家里没有几只筐呢?旧筐烂了,散了架子,就需要编新的。家里的男人们就跑去河堤,砍一捆荆条回来,像我爹一样,编大筐,编小筐。女人则像我娘一样,用高粱秆穿盖帘,穿大帘,穿小帘。家常过日子,就是这样的便宜取材,家常使用。

所以古时村姑绾发,会用荆钗,就是取根荆条,随意把如瀑黑云一绾,就可以下田劳作。自然,能干农活和操持家务的,也不会穿绸裙,只能穿布衣,所以才有"荆钗布裙"之说。当年"举案齐眉"的孟光在嫁给梁鸿后,脱去锦衣华服,换上荆钗布裙,这件事在《后汉书·梁鸿传》有记载。

古人常把自己的老婆称作"拙荆",就跟"贱内"一个样,表示谦虚。一说拙荆,就说我家又穷,老婆又笨,头上插的是荆条的钗——谦虚到一定程度了。

廉颇的负荆请罪,背的也是荆条子,因为荆条子可以用来当鞭子,抽在人的身上,让人疼。小孩子不懂事,当娘的抡一节荆条子抽儿子也是有的，起一溜红痕，伤不了筋骨。

后来又知道荆条有清肺热、利水通淋诸多效用，《福建民间草药》说它"润肺解热，利水通淋"，《闽东本草》说它"筋益肾，健脾祛湿。治头晕，脱力，蛇伤"。这些就不是我们这些小孩子所关心的了，所关心的不过是撅一根荆条子在草丛里抽抽打打，抽得草屑乱飞。至于为什么抽，无他，手欠耳。到如今写起来，仿佛还能闻得到手上沾染的那股子气味儿，并不好闻。

如今再少有人砍荆条编筐了，我也忽略了老家人到底用什么打猪草。哦，我也忘了，原来村里也都不怎么有猪圈了，也不养猪了，大家都买猪肉来吃了。生活变了。

织就湘帘护美人

笋竹二首·其二
清·郑板桥

笋菜沿江二月新，家家厨房剥春筠。
此身愿辟千丝篾，织就湘帘护美人。

　　早春二月，沿江的笋菜都萌发新芽，这个时候，家家户户厨房里都开始剥嫩笋的壳子。及至长成翠竹，愿意劈成千丝万缕，织成美丽的竹帘，护住美人，不让她被外界偷偷窥视。

　　郑板桥妙笔生花，先说笋之入口，又说竹之作帘。想想那湘帘后面美人影影绰绰，就觉得既清高又神秘，且带一丝香艳。

　　笋是南方的东西，名目很多：若以来源分，笋有苦竹笋、淡竹笋、毛笋等；以采取时节分，有冬笋、春笋、鞭笋等；若以产地分，又有天目笋、问政笋等。我是北方人，傻傻分不清楚，唯晓得粗棒棒像萝卜的是毛笋，而毛笋好吃不能贪多，否则会"克心血"。这在沈三白的《浮生六记》里就有记载:"清明日,先生春祭扫墓,挈余同游。墓在东岳,是乡多竹,坟丁掘未出土之毛笋,形如梨而尖,作羹供客。余甘之,尽其两碗。先生曰:'噫!是虽味美而克心血,宜多食肉以解之。'余素不贪屠门之嚼,至是饭量且因笋而减。归途觉烦躁,唇舌口裂。"不过也有人爱吃而一点事情也没有,看来要看各人的脾胃是否和笋相宜了。

本地饭店里常有手剥笋,用的当是春笋,盐水煮就,片片剥开,嫩笋进口,别有趣味。冬笋可切块,与火腿肉同煨。我的脾胃于笋真的是很相宜,并不觉得"克心血"。上次在饭馆吃笋烧排骨,排骨留与人吃,我吃了许多的笋,并不口唇开裂,且何时想起,舌尖都有层层裹裹薄肤漫卷的奇妙触感,鼻端缭绕竹笋特有的一段清香。

及至笋长成竹,就成了清贵物。六朝时期,名士当到一定分上,走到哪里先种竹子来看,嘴里同时念叨着:何可一日无此君?王徽之更是看别人家的竹子长得好,驱车直入,品赏良久,连主人家的面都不理。够酷,够狂。名士要的就是这股子劲儿。竹子贵比人,名士们贵的不是它的木质形骸,而是它的节操和精神吧。虽然难说没有一点自恋的情结在里面,但确乎不关竹事。

所以幽闺弱女喜欢竹,比如黛玉住的地方就是凤尾森森,龙吟细细,几竿竹子隐着一道曲栏的潇湘馆;放达之士也喜欢竹,于是郑板桥画竹,苏东坡咏竹,周作人写竹。写竹的多,画竹的也多,到现在还有个成语摆在那里,叫作胸有成竹。

笋

和尚也爱竹,"竹影扫阶尘不动,水穿潭底月无痕"。外面世界风也狂,雨也骤,内心纤尘不起,投影无痕,方算至境。"一条青竹杖,操节无比样。心空里外通,身直圆成相。渡水作良朋,登山堪倚仗。终须拨太虚,卓在高峰上。"这是临济宗禅人汾阳善昭的一首咏物诗。竹杖颜色青莹,节操卓越高古,心空,身直,形圆。帮助人类渡水登山,攀越巅峰。当人类真正观照到了自性,达到圆融无碍的境界的时候,你看,和一竿翠竹像也不像?

百姓也爱竹,苏轼的老家四川眉山气候温和湿润,农户居家周围多栽竹,触目皆竹。东坡对家乡用竹的情况做了这样的描述:"食者竹笋,庇者竹瓦,炊者竹薪,衣者竹皮,书者竹纸,履者竹鞋……"

我是俗人,竹也是爱的,只不过生在北方,所见都是袅袅婷婷、迎风摇曳的弱竹,但看它在风中款摆款摇,竹叶飒飒作响,无端地生出些秋意来,越发体会到潇湘馆的幽寂来,也是不错的滋味。月圆之夜,竹影移墙。一个一个的"个"字拂拂地在灰瓦白墙上静静地摇曳,这种景象,我其实一直没有见过,却在想象里被它的美陶醉了一回又一回。

《小窗自纪》里写:"无竹令人俗,竹多令人野。一径数竿,亭立如画。要似倪云林罗罗清疏,莫比吴仲圭丛丛烟雨。"意思是没有竹子让人觉得俗气熏人,竹多了又让人觉得粗俗狂野。一条小径,数竿弱竹,亭亭玉立,如同画卷。一定要像倪云林的画一样疏疏朗朗,清清亮亮,不要像吴仲圭的画那样,郁郁葱葱,好像蕴着蓬蓬烟雨。

向来是竹瘦为美,竹肥无度;竹疏为美,竹密无韵,所以

吴从先才会说赏竹要罗罗清疏,而非丛丛烟雨。这,就是一个人的审美意趣和审美水平了。凡事宜有度,过了头总不好。所以晏子为相,谦恭待人,而他的车夫却趾高气扬,扬扬自得;倪云林画的竹就疏朗有致,而吴仲圭画的竹就如丛草——不是说吴仲圭画得不好,不过毕竟就把握竹的神韵方面,比倪云林略略不如。

我们本地书画界有一个资深老帅哥,一日,老先生正在街上闲走,见一堵粉白照壁前,一老人卖花鸟。一盆翠竹青色欲流,他就左看右看,移不开眼睛。卖主一看此人迥非卖菜佣酒保之辈,且又知道他善写字,就跟他讲,我送你竹子,你送我一"寿"字。老先生很高兴,第二天就拿着一个大大的"寿"字去换了人家的竹子,心中得意,就写了一幅"书换竹鸟"挂在壁上,且有跋叙其事。叙事有古风,是篇极好的文:

昔日羲之有书换群鹅之说,今日吾有书换竹鸟之事。一日游步遇一翁,院中鸟语花香,百蝶飞舞,步之观赏焉,尤见盆竹,双眸悍视不忍离去。翁悟吾意曰书寿字可换此竹,另赠鹦鹉一对。甚悦。翌日寿字书毕,弄竹鸟而归。

赌书消得泼茶香

浣溪沙
清·纳兰性德

谁念西风独自凉？萧萧黄叶闭疏窗。沉思往事立残阳。

被酒莫惊春睡重，赌书消得泼茶香。当时只道是寻常。

秋风吹冷，孤独的情怀有谁惦念？看片片黄叶飞舞遮掩了疏窗，伫立夕阳下，往事追忆茫茫。

酒后小睡，春日好景正长，闺中赌赛，衣襟满带茶香，昔日平常往事，已不能如愿以偿。

一首好凄凉的词。小夫妻有茶有酒、有笑有闹的好日子过去了，如今孑然一身，方知原来的日子是好日子。

好日子也好，歹日子也罢，中国人的生活里，好像不能没有茶。夫妻相对饮茶，主客相对也饮茶，所以宋人杜耒有诗："寒夜客来茶当酒，竹炉汤沸火初红。寻常一样窗前月，才有梅花

便不同。"

寒冷的夜晚,有客登门,以茶当酒,二人对饮。竹炉里的水烧滚了,升起来的火方显出红艳艳的明亮。本来窗前是同往常一样平常的月色,可是因为有了一枝梅花绽放,就显得格外美妙不凡。好诗。茶本身清雅,和绿窗、明月、松风、清露、瑶草、琪花一个等次。

茶是茶树的叶,茶树喜温暖湿润,所以南方多长,北方少长。大的茶树就是树,高高大大的,茶树叶的片子也大。云南普洱市镇沅县哀牢山自然保护区千家寨有一棵2700年野生大茶树,勐海大黑山巴达有一棵1700年的野生大茶树。哀牢山那棵高32米,比十层楼还高,大黑山那棵也有12米。还有许多百年以上的茶树,树高也有两三米。

还有小的茶树,比大的茶树要矮一些,但又高过那种灌木型的茶树。采茶女到茶山采茶,总不会是采大茶树上的茶,只能是采灌木样的茶树上的茶,用手捏起兰花指来一啄一啄,嫩茶片和茶芽就采下来了,叫采茶青。

清代吃博士袁枚嫌武夷茶浓苦如饮药,但是有一年秋天,他游武夷山到达曼亭峰、天游寺等地,和尚和道士争着请他喝茶。他们使用的茶杯小如胡桃,茶壶小如香橼果,每一壶容量还不到一两。上口后不忍心立即咽下去,而是先闻茶的香味,再品一品茶的味道,慢慢地体味它。果然清香扑鼻,舌上留有甘甜,喝了一杯之后,再尝试一二杯,使人急躁和傲慢的心情放松,变得平静和愉快。于是他才觉出这武夷茶的好,反觉得龙井虽然清新而味淡了些。

古诗词里的草木香

茶

不过龙井茶真是极其有名的。龙井位于西湖之西翁家山的西北麓的龙井茶村，所以西湖龙井大大的有名，位名中国十大名茶之首。除了西湖周边，168平方公里的茶叶叫作西湖龙井外，还有钱塘龙井、越州龙井，统称浙江龙井。

宋人苏东坡有"白云峰下两旗新，腻绿长鲜谷雨春"的诗句，来赞美龙井茶，元代有爱茶人虞伯生始作《游龙井》饮茶诗："徘徊龙井上，云气起晴画。澄公爱客至，取水挹幽窦。坐我詹卜中，余香不闻嗅。但见瓢中清，翠影落碧岫。烹煎黄金芽，不取谷雨后，同来二三子，三咽不忍漱。"这郑重其事的劲头，就跟待新媳妇似的。

在清明前采制的龙井茶叫"明前茶"，谷雨前采制的叫"雨前茶"。前几年，一个女友每年都要寄我明前龙井，一叶一芽，汤清香溢，着实珍品。龙井茶不可用沸水，否则会烫坏嫩叶。先把沸水倒进公道杯，然后再倒进茶盅冲泡即可。还有要高冲、低倒。泡茶只需把茶盅的盖盖严就够了。杯子用透明玻璃杯即可，恰好可以欣赏龙井芽枪伸展悬浮之妙。有诗情的可以作诗，有画意的可以作画。

还有常州阳羡茶，深碧色，形如雀舌，又如巨米。袁枚说味较龙井略浓。江苏宜兴，古称阳羡，所以产于宜兴的茶称阳羡茶。元朝阳羡茶流布到边疆，《万历志》卷四记载："每年贡荐新茶九十斛，岁贡金字末茶一千斛，茶芽四百一十斛。"且元朝还在贡茶院外，又设置"磨茶所"，兼管宜兴贡茶。宜兴紫砂壶和宜兴贡茶算不算裙带关系？一茶得道，茶壶升天。

又有洞庭君山茶、六安银针、毛尖、梅片等。君山，又名洞庭山。君山茶产于湖南岳阳市的君山岛，中国十大名茶之一。君山茶分君山毛尖和君山银针。银针泡好后会立起来，是黄茶。毛尖以一芽一叶或一芽二叶为主，是绿茶，不会立起来。我曾喝过一阵银针，玻璃杯里旗枪森森而立，蔚为壮观。

一杯好茶，抵得三十年劳劳尘梦。越其如此，喝茶的讲究越多。

明朝时，很是流行过一阵子熏茶、果仁茶之类的"荤茶"。那种茶不是用来喝的，是用来吃的，什么木樨芝麻熏笋泡茶、芝麻盐笋栗丝瓜仁核桃仁夹春不老海青拿天鹅木樨玫瑰泼卤六安雀舌芽茶、蜜饯金橙子泡茶、梅桂泼卤瓜仁泡茶、咸樱桃泡茶、木樨青豆泡茶、胡桃松子泡茶、瓜仁、栗丝、盐笋、芝麻、玫瑰香茶……

但是，也有很多人不赞同。

明代著名藏书家、茶学家顾元庆在他编写的《茶谱》的《择果》篇中写道："茶有真香，有佳味，有正色，烹点之际，不宜以珍果香草杂之。夺其香者，松子、柑橙、杏仁、莲心、木香、梅花、茉莉、蔷薇、木樨之类是也；夺其味者，牛乳、番桃、荔枝、圆眼、水梨、枇杷之类是也；夺其色者，柿饼、胶枣、火桃、杨梅、橙橘之类是也。凡饮佳茶，去果方觉清绝，杂之则无辨矣。"

看，哪哪儿都犯忌。

不过他又说："若必曰所宜，核桃、榛子、瓜仁、藻仁、菱米、榄仁、栗子、鸡豆、银杏、山药、笋干、芝麻、莒蒿、莴苣、芹菜之类，精制或可用也。"

也就是这些东西还算勉勉强强可用。

到了讲究的雅人那里,茶可就什么也不许放了,就是茶叶和清水。茶要选,水要选,器要选,境要选,哪哪儿都要选。喝茶不是喝茶,人家喝的是情调。

陆鸿渐,不知其生身父母是何人。竟陵龙盖寺有一僧人姓陆,在河堤上拾到一个刚刚生下的婴儿,抱回寺院将他收养,这样就以陆为这个孩子的姓氏。待到鸿渐长大成人,聪明俊秀,广见博识,言辞飘逸。陆鸿渐酷爱饮茶,头一个开创制茶的方法。有一个老和尚自称是陆姓僧人的弟子,常吟一首讽喻世人的诗歌:"不羡黄金罍,不羡白玉杯,不羡朝入省,不羡暮入台。唯羡西江水,曾向竟陵城下来。"

嗜茶的人,吃碗好茶真觉得能升天,就像唐代诗人卢仝作的《走笔谢孟谏议寄新茶》诗:"一碗喉吻润,二碗破孤闷。三碗搜枯肠,唯有文字五千卷。四碗发轻汗,平生不平事,尽向毛孔散。五碗肌骨清,六碗通仙灵。七碗吃不得也,唯觉两腋习习清风生。"

我不懂茶,最爱喝的是金骏眉,朋友送的极品龙井,我知道它好看,茶水也清芬,可是也并不觉得飘飘欲仙。还有寺院送的一个白茶的茶饼,也只闷泡过一回,就搁置了,好在它不怕陈。新茶被我搁陈的时候也太多。我平时只喝凉白开,因为对茶碱敏感,喝了容易失眠。

倒是那各地生长的一株株茶树,沐着清风流云,只管自在生,自在长,长出叶子来,任人揪采,反正采罢自己还会再长。它们才是世间大清雅,云上大富贵。

茶

果其实兮

十里西畴熟稻香。
槿花篱落竹丝长。
垂垂山果挂青黄。
浓雾知秋晨气润,
薄云遮日午阴凉。
不须飞盖护戎装。

椒聊之实

诗经·唐风·椒聊

椒聊之实,蕃衍盈升。彼其之子,硕大无朋。椒聊且,远条且。
椒聊之实,蕃衍盈掬。彼其之子,硕大且笃。椒聊且,远条且。

花椒子一串串,繁多采满一升。他那个人儿呀,高大与众不同。一串串花椒呀,香气远远飘动。

花椒子一串串,繁多采满一捧。他那个人儿呀,体态粗壮厚重。一串串花椒呀,香气远远飘动。

看来《诗经》的年代,花椒就已经存在了。多么遥远的回忆,那个时候,人们怎么吃花椒?这个已经于史无载,想来不会当菜。它是调料。

如今也是调料,长在树上的调料。平原难见花椒树,去了几次山里,人家的房前屋后,或者山前山后种的有,长着累累的豆子样的小果儿,叶间藏刺,惹不起。

花椒果儿一粒粒，几瓣合成一个小球球儿，表面有小突起。长熟后小球球裂开，里面是黑亮亮的花椒籽。

做菜哪有不放花椒的，它是调料里的小个子大将军。

清朝皇宫的御用菜单，皇子侧室福晋的份例是"猪肉十斤、陈粳米九合、老米一合、白面二斤八两、怀曲五分、绿豆粉一两、芝麻一合、澄沙二合、白糖四两、香油七两、鸡蛋三个、面筋四两、豆腐八两、豆腐皮一张、粉锅渣十三两、水粉一两、豆瓣一两五钱、绿豆芽一两五钱、蘑菇八钱、木耳三钱、甜酱五两五钱、清酱二两五钱、醋一两五钱、白盐三钱、酱瓜一片半、花椒二分、大料二分、姜二钱、鲜菜三斤、黄蜡一枝（重一两五钱）、洋油蜡二枝（各重一两五钱）、黑炭（夏十斤、冬十八斤）、羊肉十五盘（每月）"。

看看，调料里花椒少不得。

《醒园录》记载燕窝的吃法：

"用滚水一碗，投炭灰少许，候清，将清，将清水倾起，入燕窝泡之，即霉黄亦白，撕碎洗净。次将煮熟之肉，取半精白切丝，加鸡肉丝更妙。入碗内装满，用滚肉汤淋之，倾出再淋两三次。其燕窝另放一碗，亦先淋两三遍，俟肉丝淋完，乃将燕窝逐条铺排上面，用净肉汤，去油留清，加甜酒、豆油各少许，滚滚淋下，撒以椒面吃之。又有一法。用熟肉锉作极细丸料，加绿豆粉及豆油、花椒、酒、鸡蛋清作丸子，长如燕窝。将燕窝泡洗撕碎，粘贴肉丸外包密，付滚汤烫之，

随手捞起,候一齐做完烫好,用清肉汤作汁,加甜酒、豆油各少许,下锅先滚一二滚,将丸下去再一滚,即取下碗,撒以椒面、葱花、香荽,吃之甚美。或将燕窝包在肉丸作丸子,亦先烫熟。余同。"

做这种金贵菜,也离不了花椒的影子。

还有清蒸鲍鱼,选鲍鱼四两,将鲍鱼两面剞上斜直刀,由中间切开;葱姜洗净,葱切条,姜一半切末,另一半切片;将鲍鱼摆盘中,加料酒、味精、汤、葱条、姜片、花椒和盐,上屉蒸十分钟左右,取出,拣出葱、姜、花椒;碗内加入醋、酱油、姜末、香油兑成姜汁;将姜汁与鲍鱼一起上桌,将鲍鱼蘸姜汁而食。

稀奇小吃里也离不了花椒,日照人丁宜曾所写的《农圃便览》中记有糟乌蛋法:"先将乌鱼泡过宿,择净,晒干。临时用火酒洗过,入糟,加细盐、椒、茴末,不用香油。"《遵生八笺》中记载了古人蒸鲫鱼的方法:"鲫鱼去肠不去鳞,用布拭去血水,放荡锣内,以花椒砂仁酱擂碎,水洒葱拌匀其味,和蒸去鳞供食。"

家常菜里更少不了花椒炝锅,记得当初刚学做菜,脑子里一边放我娘当初做菜的慢镜头,一边慢慢把大白菜洗净、剥开,切下菜头放一边,不用;把剩下的白菜帮切成象眼块儿,细盐腌上半个时辰,挤出菜水,炸辣椒油,往里一倒,嗞啦有声,再倒上一点香醋,酸、辣、咸、鲜,四味俱全,端上桌去;再把菜头的嫩叶切丝,肉切丝,坐锅,放底油,花椒大料葱姜蒜

花　椒

煸香，肉丝翻炒断生，嫩叶下锅，酱油、盐，将出锅点一两滴——千万不要多——香醋，就是一盘怪好吃的热炒菜丝，用来下面，顶美味。

冬天里大雪纷飞，我娘会渍一缸酸菜。要吃时把酸菜洗净，把过年时煮的五花三层的熟肋条肉拿出解冻，准备好干红辣椒，热水煮粉条——图它快，然后马上投入冷水，反复过凉。酸菜细细切丝，白皮蒜切片，肉切丝，开火，坐炒锅，倒油，放花椒籽——黑黑的，圆圆的，炸熟后吃起来香香的，再放干红椒、蒜片，少烹一点酱油，为的是让蒜片吃味儿。切记，酱油绝不可多，否则喧宾夺主，就不叫酸菜肉丝粉了。然后放肉丝，翻炒断生，放入酸菜，嗞啦有声，香味四散。

小时候，一到阴雨连绵，翻开人家墙根下的大大小小粗粗细细的木头，就会发现上面出满了一个个小小的耳朵，真好像是木头为了听淅淅沥沥的雨声而特意长出来的，支棱着，兀自在倾听雨声。一个个仔细掰下来，大约能掰一小碗，回家交给娘，中午菜就有了。摘蒂、洗净、坐锅，放底油，抓一把花椒，放入葱姜蒜，倒酱油，入木耳，哗啦哗啦翻炒，放盐，出锅。木耳香、糯、筋道、有味，就着白米饭，让人忍不住呼啦啦就是一阵风卷残云。

青黄不接的时节，餐桌上少不了一味臭豆腐。通常就是白豆腐切块，蒸过，长毛；再蒸，再长毛；再蒸，再长毛。三次之后，才能浇花椒水、盐水，然后开吃。内心儿是黑的，吃起来是臭香。糟豆腐干脆就是白豆腐切块，不用蒸，放到长毛，然后浇花椒水、盐水，开吃。颜色是乳白略黄，吃起来是糟香。

花椒之一物，专门用来给菜蔬出香、出味。人家厨房里是必有它却不以它为主，无它却又少了滋味，但是实在没有，也做得熟菜，味虽少些，又饿不死人，属于厨房必备，却少之亦可。很奇怪的定位。

采莲南塘秋

忆王孙·夏词
宋·李重元

风蒲猎猎小池塘，过雨荷花满院香，沈李浮瓜冰雪凉。竹方床，针线慵拈午梦长。

  小池塘中，风中的水草猎猎有声，雨后的荷花散发着阵阵清香，弥漫整个庭院。这时候，享用着投放在井里用冷水镇的李子和瓜，像含冰嚼雪一样清凉舒爽。躺在竹制的方床上，谁还有心思去拿针线做女工呢？只想美美地睡一个午觉。

  一场雨过，荷叶上点点雨珠凝聚，风一过叽里咕噜乱滚。荷花经了雨后，露珠也在花瓣上晶莹闪耀，香气随风飘满小院，实在是好一个午后荷塘。

  荷的盛大属于夏天，大荷叶、大花瓣。但是它初发时却是荷大如钱，绿绿圆圆，稚拙娇憨，于旖旎春光中睁开好奇的双眼。

日长日大，日高日妍。一直长到了水面清圆，一一风荷举。手掌里托着水珠，风把它滚过来滚过去，像一滴圆溜溜的水银。荷举起了花，花努出了尖尖的小红嘴，嘴巴上落上了一只乖俏的蜻蜓。

花香叶绿，引来渔船，船上坐着脸儿红眼儿媚的姑娘，腕上戴着叮叮响的银镯。"采莲南塘秋，莲花过人头。低头弄莲子，莲子清如水。"不是莲子清如水，是姑娘的情怀像水一样的温柔。望着天边，姑娘在想着那个冤家，不知道荷花偷偷地看她。

花越开越多，多到了"接天莲叶无穷碧，映日荷花别样红"。这个时候，就到了闷热的暑热天气。但是，这别样红的景致，却往往让人忽略了闷热，而只想着发生一些婉约的故事。于是姑娘们荡着舟来了，公子王孙也荡着舟来了。爱情每天都在湖面上发生，然后又顺理成章或者不顺理成章地在湖面上结束。

等它长老了，花凋了，叶萎了，也就到了白露为霜的秋了。一枝荷花从初长到凋零，谁也不知道它看过了多少的离合悲欢。当它想起这些的时候，或许会觉得前事如酒，引人醺然而醉。醉够抬头，才发现时移序易，亲朋故旧都已散去。当初的十里荷花映日红，只剩了现在的独留残荷听雨声。

荷，是什么时候都好看的。荷钱儿的时候好看，娇憨星眼，铺在水面，春风微起，随波摆荡，就跟漂在水上的小嫩鸭子一样。荷花更好看。汉代以前，我国的莲花基本都是单瓣的，到了魏晋时期，出现了重瓣荷花，南北朝时期又发展有千瓣荷花，越长越好看。到了夏天，荷花浩浩荡荡，非如此不足以当得起"接天莲叶无穷碧，映日荷花别样红"。

当荷花败落、荷叶枯寂的时候,莲子就长好了。

莲子是好东西,苏轼有《莲》诗:

> 城中担上卖莲房,未抵西湖泛野航。
> 旋折荷花剥莲子,露为风味月为香。

意思是城里小贩挑着担子卖莲蓬,可是怎么比得上在西湖自己坐在船上采莲呢?荷花想怎么折怎么折,莲子想怎么剥怎么剥,现剥的莲子有风露和月光的香。

莲子可以熬粥,把莲子泡得发胀后,在水中用刷子擦去表层,抽去莲心,冲洗干净后放入锅内,加清水在火上煮烂熟。然后粳米淘洗干净,煮成薄粥,粥熟后掺入莲子,熟后加冰糖或白糖再稍炖食用。也可做冰糖莲子,就是将莲子浸泡吸水,加冰糖上笼蒸,然后再炖汤食用。也可做莲子红枣汤,或者银耳莲子羹,甚至有更别致的,搞百合莲子炖瘦肉。

无论是做莲子粥还是做冰糖莲子,都是要抽去莲心的。莲心是一味中药,可清心火,平肝火,止血,固精,惜乎太苦。所以,不要羡慕那种"低头弄莲子,莲子清如水"的情怀,"怜子"的相思,凡是谈过恋爱的都知道,苦得很。

除了吃莲子,还可以吃藕:

> 身处污泥未染泥,白茎埋地没人知。
> 生机红绿清澄里,不待风来香满池。

莲

藕有七孔和九孔之分，有的藕脆，有的藕绵。我们这里吃藕向来是生食，凉拌，且过年过节备菜的时候才买一点儿，平时是不买的。到底是离水远，也不大像水边小孩一样捧一截生藕或熟藕来吃。

近水的南方吃藕可就变着花样来，比如说到了秋季桂花开，取藕中段，把糯米塞入孔眼，将切去的头部与中段用牙签或竹筷重新拼接完整，在加了绵白糖、甜桂花、赤砂糖的锅水中蒸煮，最后就看到了色泽酱红、汁水如蜜、入口清香甜糯的桂花焐熟藕。

汪曾祺先生的小说《熟藕》里，就有这么一个小女孩，家里日子过得来，且又娇惯，给她的零花钱教她把一条街上的零食都吃遍。但是她最爱吃的是熟藕。"正对刘家绒线店是一个土地祠。土地祠厢房住着王老，卖熟藕。王老无儿无女，孤身一人，一辈子卖熟藕。全城只有他一个人卖熟藕，谁想吃熟藕，都得来跟王老买。煮熟藕很费时间，一锅藕得用微火煮七八个小时，这样才煮得透，吃起来满口藕香。王老夜里煮藕，白天卖，睡得很少。他的煮藕的锅灶就安在刘家绒线店门外右侧。小红很爱吃王老的熟藕，几乎每天上学，都要买一节，一边走，一边吃。"

原来煮熟藕这么费时间，应该是藕眼里塞了糯米的缘故。王老会不会往汤里加桂花？不知道。

小红得了一次大病，病好后想吃熟藕，王老特地给她挑两节煮得透透的粗藕送去，她吃了，出了一身汗，从此继续蹦蹦跳跳上学。后来长大，出嫁。王老一夜无疾而终，她正坐月子，就特地教丈夫请香,替她在王老灵前磕头。磕的是长年累月吃他卖的熟藕的情分,这是一份人情的香。

今日中午和两个同学在一起吃饭,上来一道菜,不是糯米藕,而是藕虾——藕切片,把藕片的一半再划开,往里面塞上一只大的虾仁,油炸而熟。藕熟而韧,虾仁有一股淡淡的水腥,咸味菜,配以青椒一起炒,滋味着实不坏。

藕又可磨粉,沸水冲泡,入口香滑。若是家有鲜藕,可将藕洗净,用刀削去表皮,然后把藕切块,放进搅拌机,加半碗水,搅打成藕泥。打好的藕泥倒出来,放在洗净的锅中,开小火慢慢加热,一边用铁勺不停搅拌,一边加入洗净的桂花,搅拌到藕粉越来越黏稠,直到完全变成半透明色,没有白色粉状,即可关火。爱甜食者可往藕粉里加冰糖。

"一池荷叶衣无尽,翻骄锦绣纂组。数亩松花食有余,绝胜钟鸣鼎食。"讲的是满满一池的荷叶做衣可以穿之无尽,反而胜过华美的织锦;几亩地的松花吃不完,绝对胜过摆着豪奢的排场吃尽山珍海味。

这衣荷叶、食松花,也不过是说的一种简约的生活方式罢了。肯这样生活的人,哪怕外界再风云变幻,他也能够求得心灵的安泰,而八风不动,令人敬重。而是不是令人敬重,又岂是这样的人所关心的?他衣荷叶、食松花,也只是活给自己看。

西风吹雨饱秋菰

食茭白
明·李昱

西风吹雨饱秋菰,卸却青衣见玉肤。
客里尝新成一笑,不图今日见西湖。

西风吹斜了雨丝,秋天的茭白越长越鼓溜。剥去外面的青皮,能看见里面的如玉的肌肤。

客居此地,尝尝新吧,不由得人泛起笑意,没想到今天吃到秋菰,好像见到了西湖。

茭白实在是很漂亮的一种菜,白净光溜,像纺锤,一包水,是水菜。

茭白的种子叫菰米,或雕胡。李白曾有"跪进雕胡饭,月光照素盘"之诗句。郭沫若是这样解释"跪进雕胡饭"的:古人席地而坐,坐取跪的形式。打盘脚坐叫"胡坐",是外来的坐法。

客人既跪坐，故进饭的女主人也采取"跪进"的形式。他把"雕胡饭"说成吃饭的姿势，这个不对。

所谓"雕胡"，其实就是菰米或茭白的植株，形如蒲苇，野生，多长于陂泽河边，南方北方皆有。《西京杂记》说："菰之有米者，长安人谓之雕胡。"宋玉在《风赋》里说，主人家的女子，给他做雕胡饭，烹露葵羹。而在唐代，雕胡饭是招待上客的，据说用菰米煮饭，又香又软又糯。

茭白能吃，菰米能吃，菰叶也能物用。中国早先包粽子，用的就是菰叶，也就是茭白叶包黍米，包成牛角的模样，称为"角黍"。

宋人许景迂有《茭白》诗：

翠叶森森剑有棱，柔条恹甚比轻冰。
江湖若借秋风便，好与莼鲈伴季鹰。

这里就牵扯出一个人来：张季鹰。

张季鹰，名翰，苏州人，是西晋著名文学家。苏州到处都是水，水生植物多又多。晋惠帝太安元年（302），本来官至大司马东曹掾的张季鹰不愿卷入晋室八王之乱，借口说秋风起啦，我思念家乡的菰菜啦，也想念家乡的莼羹和鲈鱼，所以，你们玩吧，爷走啦。

于是他辞官回了老家。

这件事记载在《晋书·张翰传》里："翰因见秋风起，乃思吴中菰菜、莼羹、鲈鱼脍，曰：'人生贵适志，何能羁宦数千里，

茭 白

以邀名爵乎?'遂命驾而归。"

张翰还顺笔写下《思吴江歌》：

秋风起兮木叶飞，吴江水兮鲈正肥。
三千里兮家未归，恨难禁兮仰天悲。

他这一悲一逃，中国的诗学、美学、文人心志学中，就多了一个"莼鲈之思"的典故，丰满多了，堪比柳宗元的"孤舟蓑笠翁，独钓寒江雪"，甚至还要更丰标难掩。

就菰的产物来说，菰米是正常产物，茭白其实倒是不正常的。只是有些菰感染上黑粉菌，不抽穗，茎部越长越粗，纺锤一样，绿鞘包裹，内肉黄白肥嫩，就拿来做菜了。茭白还有一个古称，叫"茭郁"，大概是说这种东西膨大郁结的意思。这有点像北方的玉米，有时会感染一种菌，玉米穗子不肯长，长出一种黑黑的、蘑菇似的东西。早先穷的时候，就有人家采来炒成菜吃。一般人是绝对、绝对不肯吃的，觉得那是病态，被人贬称为"黑蛋头"，其实吃过的人倒觉得味道不难吃。

到底茭白算是比较小众的蔬菜，北方不多见，在南方吃过一两次。一次是清炒茭白，就是将茭白切片，青红椒切丝，花椒大料葱姜蒜炝锅，将茭白与青红椒放进去翻炒至茭白变软，加生抽与盐调味。一定要加生抽，勿加老抽，否则色黑。

还有一次是茭白炒肉片，味儿也鲜美。将肥肉先入锅中炒出油，放葱、姜、蒜、辣椒炸香，放入猪肉炒。炒变色加入甜面酱炒，再少放点老抽上色。炒熟装出备用。再将原锅刷干净，

烧热放入少量油再放葱炸香,放入茭白丝和青椒丝炒,炒熟后放入猪肉炒一炒放盐、胡椒粉、味精拌匀出锅。

《调鼎集》有茭白的条目若干,总结起来,就是茭白可拌、可炒、可炸、可制脯、可烧肉、可糟、可腌、可糖醋、可酱油来浸。中国到底是一个吃的国度,茭白才被当作蔬菜栽培,又开发出种种吃法。世界上把茭白当作蔬菜栽培的还有越南,别的国家好像就没有。

篱落带雨豆花开

扁豆花
清·查学礼

碧水迢迢漾浅沙,几丛修竹野人家。
最怜秋满疏篱外,带雨斜开扁豆花。

最爱这样的诗,没有象征,不劳寓意,就是一带碧水,水边浅沙,几丛修竹,竹旁人家。秋色满篱,带雨斜开扁豆花。

扁豆花紫、红、小、碎,像一簇簇翩翩跹跹小蝴蝶。此花不宜长空朗日看,禁不得。细雨斜行闲作草,小碎的扁豆花在绵绵秋雨里,是一缕闲愁的模样,这时才好看。

扁豆花也宜圆月下看。秋夜圆月,清辉铺洒,人家篱落上开满了扁豆花,香气幽微,似闻见又似不闻见,花色浸润在秋夜里,像笼了一层轻纱又似揭开了一层轻纱。

乡民是不拿扁豆花当花的。乡村里什么花都不当花。桃花

也不当花,只图它能结桃;梨花也不当花,图它能结梨;田畈里菜花、篱落上豆花,都不当花。葱也开花,也不当花。凤仙花也不当花,只图它能染指甲。扁豆花也不当它是花——乡下菜花上的小粉蝶,有人当它是蝴蝶,拿白团扇去扑着玩耍吗?

人不当花是花,自不会绕枝攀篱去赏它,这样人的心思既静,花也开得不受打扰,两下里端正好。扁豆花开,结的扁豆绿绿弯弯,青翠鲜嫩,是盘中时蔬里上得了画的菜,却又不被人拿它当画,如此,花、菜、画、人皆好。

扁豆又有一个好名字,叫眉豆,因其弯翠如眉。这也是中国人命名的好意思。花开得也好,豆儿名字起得也好,生长的时节也好,所以农人爱它,诗人也爱它。

郑板桥写过一副对联:"庭春雨瓢儿菜,满架秋风扁豆花。"

明人王伯稠也《凉生豆花》诗:

豆花初放晚凉凄,碧叶阴中络纬啼。
贪与邻翁棚底语,不知新月照清溪。

清人方南塘游宦,妻子来信说家乡的扁豆已经开花,他心中感慨作《得家书》云:

老妻书至劝还家,细数江乡乐事赊。
彭泽黄鱼无锡酒,宣州栗子霍山茶。
编茅已盖床头漏,扁豆初开屋角花。
旧布衣裳新米粥,为谁留恋在天涯。

——一边当着官,一边想着家,一边吃着肉,一边想着豆。

扁豆原产亚洲,汉、晋之间引进我国。扁豆怎么吃都好,肉炒、蛋炒都好,蒜瓣重油清炒也好。若怕扁豆肉老,可以斜刀切丝,炒羊肉片,味道蛮好。吾家吃过扁豆焖面,将扁豆重油下锅,加开水,然后将生的面条焐到上面,盖上锅盖,靠着下面的水和菜的热力把生面活活焖熟,然后筷子翻搅均匀,也算一种风味。

只是扁豆一定要熟透再吃,沸水焯扁豆、急火炒扁豆不能完全破坏扁豆毒素,会使人中毒。

除了扁豆,豆的家族成员还有不少。我家菜园子里就搭着一架长豆角,就是豇豆,蔓子绕着架子爬呀爬的,叶子这里那里地密生着,豆角就那么两根一撮、三根一簇地生出来了,像美女发间挑的钗似的。初时细细弱弱的,渐渐长大,趁着嫩时摘下,素炒肉炒都好,豆角炒鸡蛋也好。夏天正是它长得好的时候,掐一大把开水焯熟,麻酱凉拌,做麻酱面。长豆角还可以切碎成末,拌上肉馅,包饺子、蒸包子,风味其殊。袁枚说:"豇豆炒肉,临上时,去肉存豆。以极嫩者,抽去其筋。"抽筋这个我明白,任何一种豆菜都要抽筋,这个筋十分影响口感。可是为什么豇豆炒肉,上桌的时候要把肉去掉,只把豆摆上去呢?

古人真会吃,真会玩。

除此之外,还有芸豆角,比扁豆角身子更圆,更脆,更好吃。而且做菜的时候,最好不用刀切,手掰成一段一段的,口感更好一些。

扁 豆

当年读书，爱吃零食，对铁蚕豆无比熟悉。铁蚕豆其实就是将蚕豆用加了盐、八角、桂皮、老抽、大葱、姜片、小茴香、香叶的水煮熟，晾干水分，下干锅中小火烘焙，待豆子干后，哗啦有声，再下油锅炸至微黄，然后再烧干锅（即无油的锅），将蚕豆用中小火翻炒片刻，撒盐晾凉即可。

煮蚕豆也好吃，放点腌过菜的咸菜水，煮熟晒干，就小酒，津津有味。

至于新鲜的嫩蚕豆，只在南方吃过两回。一次是清炒，一次是炒鸡蛋。还可以用腌芥菜同炒，以嫩对老，以鲜对腌，口感抑扬顿挫得有层次，好像对联的"平平仄仄平平仄，仄仄平平仄仄平"。

至于为什么要叫蚕豆，元代农学家王祯在《农书》中说："蚕时始熟，故名。"而明代医学家李时珍在《食物本草》中认为："豆荚状如老蚕，故名。"

南方长的才是蚕豆罢？这个我也说不准，反正鲁迅的故乡是长蚕豆的，也就是罗汉豆，这一点在他的《社戏》里有写：

"离平桥村还有一里模样，船行却慢了，摇船的都说很疲乏，因为太用力，而且许久没有东西吃。这回想出来的是桂生，说是罗汉豆正旺相，柴火又现成，我们可以偷一点来煮吃。大家都赞成，立刻近岸停了船；岸上的田里，乌油油的都是结实的罗汉豆。"

于是大家就四散到田里去偷了，各摘了一大捧，抛入船舱

中。"我们中间几个年长的仍然慢慢地摇着船,几个到后舱去生火,年幼的和我都剥豆。不久豆熟了,便任凭航船浮在水面上,都围起来用手撮着吃。"这可真是袁枚所说的"随采随食"了。

我也很想一起吃。

我们北方长的是毛豆,也就是黄豆,可以青嫩时摘下来,连壳煮熟,然后剥壳吃。暑热天气,坐在路边摊,喝啤酒,嗍螺蛳,剥毛豆,也是一大乐。及至长熟,连茎秆都割回家来,晒干,然后在场上或者房顶上铺开,一下一下地把豆荚拍散,豆子滚落出来。到最后豆秸收去烧柴,黄豆就可以留着过年过节的时候磨豆腐。

豆腐在农家宴席上占着很大的比重,可以蒸碗,可以炖菜,可以把豆腐和肉、焯熟的豆角、葱姜蒜等调料都剁成细末,做煎饼馅。

古时一副对联,是穷塾师的自嘲之语:"耀武扬威,隔窗子怒门斗两眼;穷奢极欲,提篮儿买豆腐半斤。"看来这豆腐自古是寒素人家打牙祭之物,怪不得那个著名的笑话会说,豆腐是我的命,看见肉我就连命也不要了。

清代《庄农日用杂字》里写庄户农家饮食状况的时候专门有豆腐一笔:"面饼大犒赏,豆腐小解馋。"豆子就是土地里长出来的肉,无事多吃豆,能活九十九,大家一起来吃豆。

流光容易把人抛,红了樱桃,绿了芭蕉

一剪梅·舟过吴江
宋·蒋捷

一片春愁待酒浇。江上舟摇,楼上帘招。秋娘渡与泰娘桥,风又飘飘,雨又萧萧。

何日归家洗客袍?银字笙调,心字香烧。流光容易把人抛,红了樱桃,绿了芭蕉。

我的心里荡起一片春愁啊,不知道哪里能饮两杯美酒。船儿在吴江上漂摇啊,岸上有酒帘子在向我招手。无心欣赏我的船只经过的秋娘渡与泰娘桥,因为眼前风正飘飘,雨又潇潇。

哪一天才能回家洗干净我的客袍?那时候家人团聚,调弄镶有银字的笙,点燃熏炉里心字形的盘香,那样多好。光阴流转,让人无法追赶,只能徒劳地看着樱桃刚刚才红熟,芭蕉又绿了,预示着春天已经归去,盛夏又到。

这首词是真好,流光也真是容易把人抛,转眼间红了樱桃,转眼间绿了芭蕉。

樱桃,小小的、圆圆的、红红的、亮亮的,如珠如宝。古人说美女嘴巴又小又红,就说它是樱桃小口,樱桃红是真的很诱人的色调。熟得深时,红紫流朱,眉梢眼角风情露,藏也藏不住;熟得浅时,红艳艳,也是女儿家的心事难收难管。

这是命定的属于诗人的果,诗人心事多,爱它的流离珠光一颗颗。所以唐人张祜有《樱桃》诗:

石榴未拆梅犹小,爱此山花四五株。
斜日庭前风袅袅,碧油千片漏红珠。

可真是碧油千片漏红珠,叶片碧油油的,红玛瑙样的珠子这儿藏一颗,那儿露一颗。

杜甫也有诗写樱桃:

西蜀樱桃也自红,野人相赠满筠笼。
数回细写愁仍破,万颗匀圆讶许同。
忆昨赐沾门下省,退朝擎出大明宫。
金盘玉箸无消息,此日尝新任转蓬。

原来四川也是有樱桃的,所以杜甫流离辗转到四川后,会有乡居野人送他满满一竹笼,熟得透透的,吹弹即破。他千般小心、万般在意地轻拿轻放,结果居然仍旧是破了。想起来当年自己在门下省供职,曾经蒙受皇帝恩赐的樱桃,退朝时双手把它擎出大明宫。当时金盘玉箸,如今身同转蓬。再见樱桃,物是人非,心哪有个不疼?

吃过御赐樱桃的,才他一个儿也怎的?

他吃过的,自然是皇帝先吃了。帝王将相能啥果子都吃吗?必定是要进献者费尽心思,既要长得好,又要口味好。芸芸众果,樱桃先百果而熟,且又美艳,所以就成了首选。后梁宣帝《樱桃赋》有"懿夫樱桃之为树,先百果而含荣,既离离而春就,乍苒苒而东迎"的句子。

樱桃送到帝王面前,皇帝要先请他的祖宗尝过,然后再自己尝过,觉得好吃,再赋诗一首:"华林满芳景,洛阳编阳春。朱颜含远日,翠色影长津。"(唐太宗《赋得樱桃》)然后再分赐内外大臣,或者宴请宫廷。金盘盛、玉盘盛,缀着露、镶着珠。王维也吃过,韩愈也吃过,白居易也吃过,太好吃了,太有面儿了。

白居易吃过了也感慨作《吴樱桃》:

> 含桃最说出东吴,香色鲜秾气味殊。
> 洽恰举头千万颗,婆娑拂面两三株。
> 鸟偷飞处衔将火,人争摘时蹋破珠。
> 可惜风吹兼雨打,明朝后日即应无。

最禁不得风吹雨打,最禁不得手摘甲破,最禁不得鸟偷人拂——樱桃就像好看的女子,大家皆晓得她好,山水都爱慕她,

鸟雀都爱慕她,她一笑倾人城,再笑倾人国,可是很快的,她就没了。被时光淹没了。

红唇不再,光鲜零落。

到了宋朝,苏轼也吃樱桃,而且吃得比我们讲究。他写过《老饕赋》:"尝项上之一脔,嚼霜前之两螯。烂樱珠之煎蜜,滃杏酪之蒸羔。"

这"烂樱珠之煎蜜",应当就是类似于用樱桃做的蜜饯或者果酱一类的东西。《山家清供》中记载:杨诚斋诗云:"何人弄好手,万颗捣虚脆。印成花钿薄,染作水澌紫。北果非不多,此味良独美。"这就是樱桃煎了,做法是:"煮以梅水,去核捣印为饼,而加以白糖耳。"

今人也能做,就是新鲜樱桃洗干净,除去梗和叶子,倒入白砂糖搅拌均匀,腌好后放在锅里,倒入一点点水。开中火煎熟,记得要不停地搅拌,再用捣杵把樱桃捣碎,转小火。樱桃煮烂后,挑出樱桃核,小火熬到黏稠,出锅。抹面包片儿一定好吃,吃不完的可以装入玻璃瓶里冷藏;在酸奶或者冰激凌上淋一勺也美味。

樱桃可鲜食,可做果酱,也可入馔。据曾在慈禧太后身边任职的女官德龄回忆,慈禧晚年爱吃的菜中,有一味"樱桃肉",制法是先把上好的猪肉切成棋子般的小块,加入调味品,再和新鲜的樱桃(没有新鲜的,也可用蜜饯的或制过的樱桃,先放在温水里浸到跟新鲜的一样好看鲜嫩)一起装在白瓷罐里,加清水,在文火上慢慢地煨。煨上大约十个钟头,肉也酥了,樱桃的香味也出来了,尤其是它的汤,真是美到极点。

樱 桃

　　樱桃亦可入药。《名医别录》说它"主调中，益脾气"。《备急千金要方》说它"味甘平，涩，调中益气，可多食，令人好颜色，美志性"。《本草纲目》则说："蛇咬，捣汁饮。并敷之。"《滇南本草》更是大包大揽："治一切虚证，能大补元气，滋润皮肤；浸酒服之治左瘫右痪，四肢不仁，风湿腰腿疼痛。"

　　商代和战国时代的古墓中曾发掘出樱桃的种子，三千年前的《礼记》中也已有"仲夏之日以含桃先荐寝庙"的记载。这里的"含桃"指的就是樱桃。《说文》考证："樱桃，莺鸟所含食，故又名含桃"，后来演读为樱桃。四川西昌有甜樱桃，江苏南京有垂丝樱桃，浙江诸暨有短柄樱桃，山东泰安有泰山樱桃，安徽太和有太和樱桃……

　　每年初夏麦子黄熟时节，都会收到蓬莱一个从未谋面的妹子寄来的红樱桃。每年。

　　去年就着这个妹妹寄来的红樱桃，请了两个知己好友，开了一个小小的樱桃宴，配上西瓜和桃杏，说一些姐妹间才能说的话，猫在旁边喵喵叫。满室灯光，一粒粒樱桃也亮起一只只极缩微的小灯泡。

　　真好。

　　今年忙着帮着家里人收麦，眼看着黄亮亮的麦子一点点多起来，堆起垛。这个时候，她的樱桃也快马加鞭地赶到了：选的最好的果子，发的最快的邮递，拿到手，箱里衬的冰袋已化，水仍旧是凉凉的。樱桃分成两半：一半樱桃一颗颗紫红红的流丽如珠，另一半据说是新品种的"玻璃泡"，黄黄亮亮。红樱桃反不如玻璃泡熟甜。拿一个白的瓷盘，把樱桃一个一个地摆在上面，越摆心里越喜欢。

奇怪，这果子是怎么长的，圆圆的大珠子的果肉里包着圆圆的小珠子的核，大家都是圆圆的。

对的，流光确实容易把人抛，可是到底红了樱桃之后，又会绿了芭蕉。只要不死，转啊转的，好时光又圆圆地转回来了。

于嗟鸠兮,无食桑葚

再至汝阴三绝·其一
宋·欧阳修

黄栗留鸣桑葚美,紫樱桃熟麦风凉。
朱轮昔愧无遗爱,白首重来似故乡。

黄鹂啼鸣桑葚美,紫色的樱桃熟了,轻风吹起麦浪,微微凉。我很惭愧在我的任期没有给予乡亲们更多的关爱,但是等我白发苍苍的时候重新来这里,依然会感觉像我的故乡一样。

——汝阴宋时在颍州的治下,欧阳修曾长期在颍州担任太守。"黄栗留"即黄鹂。《燕京岁时记·黄鹂》中记载:"黄鹂既鸣,则桑葚垂熟,正合京师节候。"

也就是说,黄鹂鸟鸣叫的时候,桑葚熟得正好。说起来,桑葚啊,可是我小时候的朱砂痣、白月光。

忘了是几岁了,和几个堂姐妹在一起玩儿。农村小孩,哪有什么好玩儿的,玩土玩泥玩树叶。只不过我们玩得稍稍高端一点点,我们玩石灰。

人家盖房用的石灰,白白的一大堆,蓬蓬地堆在那里,在太阳下闪着耀眼的光。几个小孩儿围坐,你捧一捧,我捧一捧。石灰捧在手上的感觉滑滑的,像丝绸一样。

也不知道怎么的,我两手捧石灰的时候滑了一下,猛地合在一起,石灰蓬然而起,扑了我满脸,钻进了眼睛。

啊呀痛!

我哇的一声大哭起来,别的小孩跑着去找我娘。我娘做梦也想不到我们玩啥不好,居然这么作死,赶紧背起睁不开眼睛的我去找村医。也忘了村医怎么操作的了,反正我是又哇哇大哭着被我娘背了回来,闭着眼睛,瞎子一样。我娘为了哄我不哭,问我想吃啥不,我寻思一会儿,然后抽抽搭搭说:"葚子。"

我们这里的土话,葚子就是桑葚。因为不带前面的"桑"字,所以我好多年都不知道葚子是桑树的果实。

葚子,一粒粒肥肥软软的肉虫一样的果实,小小的颗粒簇攒簇聚,紧紧巴巴在一起。不熟的时候是白色的,硬硬的,渐熟渐红渐紫,从内往外透出光泽来,吃一口,甜如蜜,嘴唇都染得乌紫,指头也染得乌紫。

其实说甜如蜜,小时候并没有什么蜜可吃,白糖、红糖都是稀罕的东西。白砂糖舔在嘴里,沙沙的甜;红糖舔在嘴里,绵绵的甜,这些都珍贵而极其不易得。只有在病了,感冒发烧的时候,我奶奶才舍得给我煮一碗白面粥,往粥里撒红糖,热热烫烫甜甜的,吃了发汗。平时口苦,想吃一点甜食,只能含

桑葚

一粒两粒糖精——就是一种化学的甜味剂，放水里几粒，水就有了甜味。但不可多，多了就苦了。舌头上含一粒糖精，也是一种苦甜苦甜的味。不好吃。

为了觅一点甜味，农村的小孩无所不用其极。买不起甘蔗，收秋的时候，就找青的玉米秸秆和高粱秸秆，牙齿撕去坚韧的外皮，嚼里面的秆子，一边嚼一边吮那一点甜劲儿。看吧，一群小孩儿翻秸秆，谁找到的更甜，足够收获许多的欣羡。一次我和堂哥冒雨翻房后的青秸，我找到一根又粗又长的，撕去外皮，嚼在嘴里水甜水甜的，得意坏了，向堂哥炫耀。堂哥尝了一口，呸了一下，说：难吃死了，你看我这根儿。我一尝，果然，人家的更好吃。

就是在这样的背景下，我在有可能失明的危险下，仗着我娘的宠溺，生出了想吃几粒葚子的心。

全村只有村中间的一户人家，院里有一棵大桑树，正是麦子黄熟时节，葚子熟得正好。我平日里隔着门缝张见过，油绿油绿的叶子，闪闪映映的，是一粒粒红紫的葚。但是主人家看得紧，全村的小孩没有一个人能够摘得一粒。我娘背着我上门求人家给我几粒桑葚，那家的主人脾气怪拗得紧，我的印象是最终也没有吃到一口。

软如蜜、甜似糖的葚啊，唉。

因为没有吃到嘴，所以一直记到今。我的眼睛没事了，但是心里留下了一个有关葚子的长长的梦。

下午，出门散步。在西城门外的城墙根下的草坪上长着一棵树。目不斜视地快要走过去的时候，发现树荫笼罩的那一片

地面，被人的脚印踩得黑黑的。心里一动，抬头看，结了满满的桑葚。

原来你在这里。满树浓荫，叶缘有齿，树下的草坪上还散落着熟透的紫黑的桑葚。拾起两颗，细看看，像一堆小珠子抱紧成了一个大虫子。怪不得清人有词："南风送暖麦齐腰，桑畴椹正饶。翠珠三变画难描，累累珠满苞。"

吹吹土，扔进嘴里，柔和甜美。但是不如印象中那么甜蜜，吃糖早已经不是罕事，吃蜜也不是鲜见的待遇，甜的水果一堆堆，它就有点显不出滋味。

但是以前它真的是甜蜜的代言人。《诗经》里就有长篇叙事诗《氓》："氓之蚩蚩，抱布贸丝。匪来贸丝，来即我谋。……桑之未落，其叶沃若。于嗟鸠兮，无食桑葚！于嗟女兮，无与士耽。士之耽兮，犹可说也！女之耽兮，不可说也……"

一个憨厚的农家小伙子，打着抱布换丝的旗号，来跟姑娘谈恋爱，两个人订下佳期。好容易把老婆娶进门，老婆跟着他吃穷受苦，吃辛受累，早起晚睡，忙外忙里。结果时间一长，新鲜劲一过，男人嘴脸不复往昔，开始对女人实施家暴。女人哀叹："桑之未落，其叶沃若。于嗟鸠兮，无食桑葚。于嗟女兮，无与士耽。士之耽兮，犹可说也。女之耽兮，不可说也。"

桑树叶子未落时，缀满枝头绿萋萋。嘘嘘那些斑鸠儿，别把桑葚吃嘴里。哎呀年轻姑娘们，别对男人情依依。男人若是恋上你，要丢便丢太容易。女人若是恋男子，要想解脱难挣离。

爱情太甜蜜了，就像树头的桑葚，女人就像鸠鸟，忍不住拿嘴啄吃。结果掉进甜蜜的陷阱，失足千古恨，回头百年身。

真是。像这等薄幸负心汉,世上才一个儿也怎的?前赴后继,在在如是。

　　桑树长了一棵,又长一棵;树上的桑葚结了一树,又结一树;树头的鸟儿,来了一拨,又换一拨。世情如风,人心似火,只有这桑葚,甜蜜的人儿吃它在嘴,心里愈发甜蜜;苦涩的人吃它在嘴,心里愈发苦涩。

桃之夭夭

诗经·周南·桃夭

桃之夭夭，灼灼其华。之子于归，宜其室家。
桃之夭夭，有蕡其实。之子于归，宜其家室。
桃之夭夭，其叶蓁蓁。之子于归，宜其家人。

桃花怒放千万朵，色彩鲜艳红似火。这位姑娘要出嫁，喜气洋洋归夫家。

桃花怒放千万朵，果实累累大又甜。这位姑娘要出嫁，早生贵子后嗣旺。

桃花怒放千万朵，绿叶茂盛随风展。这位姑娘要出嫁，夫家康乐又平安。

"桃之夭夭"，赞的是桃花，赞的也是桃。女人出嫁那天美如桃花，婚后生儿育女，是花落了结出一颗颗饱满鼓溜的桃。她的好颜色都转到了桃子身上，这样很好。年年春风来，年年桃花开,年年桃花落,年年结好桃。很好。

桃花是静的。春风那样香软,万花如绣,云锦般绚烂,她偏偏开得最耀眼,却偏偏开得最不张扬。

因为她不必叫喊。她自来的就是万花的中心,就像新嫁娘自来的就是众人目光的中心,当日那一个小世界的中心。

因她是美的,而她自知是美的,美得她自己不必在意,自有许多人把她看在眼里,觉得她美,美得动魄惊心。

桃花是乡下美人,因桃树是要种在乡下的,图它的能结桃,如同娶女子来家,图她的能生长。偏偏乡下的花,开出的是最健康、最美的模样,所以唐人崔护会爱她,"去年路过此门中,人面桃花相映红"。

人面桃花是多美的一景,等他赶考归来,桃花还在,人面又去了哪里了?世上许多的情缘都是情深而缘浅,所以才会被人念。唐人刘禹锡有《竹枝词·山桃红花满上头》:

山桃红花满上头,蜀江春水拍山流。
花红易衰似郎意,水流无限似侬愁。

少有人把桃花赏出仙气的,唐伯虎算得上出色的一个。其作《桃花庵歌》:

桃花坞里桃花庵,桃花庵里桃花仙。
桃花仙人种桃花,又摘桃花换酒钱。
酒醒只在花前坐,酒醉还来花下眠。

半醉半醒日复日,花落花开年复年。
但愿老死花酒间,不愿鞠躬车马前。
车尘马足贵者趣,酒盏花枝贫贱缘。
若将富贵比贫者,一在平地一在天。
若将花酒比车马,他得驱驰我何闲。
别人笑我太疯癫,我笑他人看不穿。
不见五陵豪杰墓,无花无酒锄做田。

富者车尘马足,出行便捷,里外着人服侍,在这个世界上是有力的,无人敢欺,无人敢惹,所以许多人都愿意做富者。只是愿意做未必能做得,更何况还有那不愿意做的,因为实在受不了富者营营,干脆在这个急快的世界里慢下自己的步子,守几株桃花,做一个穷里寡落的仙人,桃花换酒醒复醉,醒醉都在桃花前。

所以又有人说"桃花流水,白云深山。混迹渔樵,兴颇不恶"。那是自然的。渔父和樵夫大概是离世情最远的两种人。烟波浩渺,荡涤心胸,密林深山,野花竞放,远离人群,不生是非,心情最易安宁静定。他们也是赏桃花流水的穷仙人。和他们混同一起,听砍柴丁丁,看金鳞入网,令人灭争长竞短的想头,生秋月春风的感怀,确实是好兴致,好消遣。

怪不得明人归庄会在《万古愁》中愁痛恶闷,最终发愿隐遁山水之间:

"春水生,桃花笑,黄鹂鸣,竹影交。凉风吹,纤

桃　花

桃　花

纤月色照寒袍。冻云凝，六花灼灼点霜豪。傍山腰水腰，望云涛海涛，倚梅梢柳梢，听钟敲磬敲，卧僧寮佛寮，任日高月高，到头来没些个半愁半恼。真个是纵海鱼，离笼鸟，翻身直透碧云霄。凭便有银青作饵，金紫为纶，漫天匝地张罗钓，俺乌有先生摆尾摇头，竟自去了。"

等我哪一天离了这个世界呀，我也摆尾摇头地再也不来了。

在我活着的时节，却是渴想着那处处有花，人人有田，没有战争、饥荒、灾难的，陶渊明笔下的桃花源的。想起它，眼前浮起的是"夹岸数百步，中无杂树，芳草鲜美，落英缤纷"，是入得山去，"土地平旷，屋舍俨然，有良田美池桑竹之属。阡陌交通，鸡犬相闻。其中往来种作，男女衣着，悉如外人。黄发垂髫，并怡然自乐"。

可是，这只是一个脆薄的理想，就像古老的、绵延几千年的农耕文明，正被现代科技和生产及生活方式一点点蚕食。

土地平旷吗？都是机器耕作了。

屋舍俨然吗？人都进城打工了，屋门都上了锁钥了。

良田美池桑竹之属，都少了人去维护它了。

阡陌交通却少有人行了。

鸡犬相闻吗？鸡被圈养了，犬倒是有，也少了许多。

久远的生活方式渐渐消解，桃花源式的思维也渐渐如同桃花渐颓般地失了色。

桃花农村依旧是有的，却真的是用来结桃的。桃子？当然是用来卖的。卖了桃子进城买房子，买了房子就离乡下的桃子

越来越远了。而城里的桃花，是只开花，不结果的。有花有果的桃生才算完美，有花无果的桃生，感觉像是凭空被人打劫了。

漂亮的花结出来的果也是漂亮的、红艳艳的、诱人的，能被王母娘娘拿来摆蟠桃宴的。晋人张华《博物志》里说，汉武帝喜欢求仙问道，昆仑上的西王母派使节乘白鹿而来，说她要过来。七月七日鹊桥相会的日子，王母乘紫云车来到汉武帝宫殿，并带来美味佳肴。王母拿出七个桃子，五个给汉武帝，自己吃两个。汉武帝感到这桃子十分甘美，吃完就把桃核放到膝盖前，王母问："你要此核有什么用？"汉武帝说："这桃味道鲜美，我想种它。"王母笑着说："这桃子三千年才结一次果子，而且此果乃天上种，凡间之土养不活它。"

于是到了《西游记》里，就有了天庭的蟠桃园，园内有三千六百棵蟠桃树，三千年一熟的蟠桃：凡人食后可以"成仙了道，体健身轻"；六千年一熟的可以令人"霞举飞升，长生不老"；九千年一熟的，人吃了可以"与天地齐寿，日月同庚"。

因了这个，所以民间给人贺寿，是要上寿桃的。可以鲜桃上寿，没有鲜桃的时候，蒸出白面的桃子来，涂染上红嘴儿，也就可以充鲜桃了。孙悟空爱吃桃，毛茸茸的爪爪潦草地挠挠桃毛，吭哧一口莽上去。没错，桃的吃法就是这么样才带劲。

小时候吃过扁桃，印象中的扁桃个子大大的，大概是因为那时候手小，托在手里，像是托着一只盘子。如今在超市里看见，原来这么小。桃肉真是肉肉的，甜甜的，汁又多，又不稀薄。而且人家说扁桃才是蟠桃——那么，王母娘娘的蟠桃宴，是要摆一盘子一盘子的扁桃吗？这就感觉不豪华、不带劲了。

我爱吃桃，却怕赏桃花，因为它太美，又美得不长久。长久的美不招人珍惜，可是不长久的美又让人心痛，真是矛盾。

　　昨夜做了一梦，一路上走着，前方路当中就开着桃花。刚刚展开花瓣，深深的花筒里面好像盛了蜜一样，闻一闻，沁人心脾，醉得我走路都踉踉跄跄，走不稳当。路旁是田，田里也开了很多的花，我下去看，又像是花，又像是芦苇，颜色青嫩漂亮。后边有一朵真真切切的桃花，大得像碗一样，花瓣薄得像嫩红的绸子，将要开败了。我看着它，摸着它，想起多年以后，自己也将乌发如银，形容枯槁，一时悲痛万分，哭了起来，越哭越痛。

　　那样的一个梦，桃花开得又美，惹得我又开心，又忧伤。醒来悄咪咪揣着开心和忧伤，继续在没有桃花的世界里奔忙。

稻香满禾

明月别枝惊鹊，清风半夜鸣蝉。
稻花香里说丰年，听取蛙声一片。
七八个星天外，两三点雨山前。
旧时茅店社林边，路转溪桥忽见。

愿麦子和麦子长在一起

观刈麦
唐·白居易

田家少闲月，五月人倍忙。夜来南风起，小麦覆陇黄。
妇姑荷箪食，童稚携壶浆。相随饷田去，丁壮在南冈。
足蒸暑土气，背灼炎天光。力尽不知热，但惜夏日长。
复有贫妇人，抱子在其旁。右手秉遗穗，左臂悬敝筐。

农家很少有空闲的月份，五月到来人们更加繁忙。夜里刮起了南风，覆盖田垄的小麦已成熟发黄。妇女们担着竹篮盛的饭食，儿童手提壶装的水，相互跟随着到田间送饭，收割小麦的男子都在南冈。

他们双脚受地面的热气熏蒸，脊梁上烤晒着炎热的阳光。精疲力竭仿佛不知道天气炎热，只是珍惜夏日天长。又见一位贫苦妇女，抱着孩儿站在割麦者身旁，右手拾着遗落的麦穗，左臂上悬挂着一个破筐。

听她望着别人说话,听到的人都为她感到悲伤。因为缴租纳税,家里的田地都已卖光,只好拾些麦穗充填饥肠。现在我有什么功劳德行,却不用从事农耕蚕桑。一年领取薪俸三百石米,到了年底还有余粮。想到这些内心感到惭愧,整天也不能淡忘。

自古以来,写麦的诗歌就有不少,汉无名氏作《古歌》:

高田种小麦,终久不成穗。
男儿在他乡,焉得不憔悴。

这是以小麦起兴,讲的男儿在他乡日子难过,却又难回故乡,就好比高田种小麦,缺水少肥,稀稀拉拉,结不成穗。

刘克庄有"清明未雨下秧难,小麦低低似剪残。穷巷萧然惟饮水,家童忽报井源乾"的诗句;杨万里有"小麦田田种,垂杨岸岸栽。风从平望住,雨傍下塘来"的诗句。这些都不如白居易这首写得让人体会深切,有油画的质感,就像米勒的《拾穗者》。

我是农民出身,如今又住在农村。去年冬天,每天白天都围着围巾、穿着大棉袄去村外麦田小路绕一圈,下午再绕一圈。一路上寒风呼啸,阒静无人,麦苗黄瘪瘪沾在土里。

就这么一路走到春天,麦田一天天绿起来,刚开始像雏鸡雏鸭的小黄嘴,渐渐丰茸厚密,颜色鲜嫩刮辣的绿,阳光照进叶子,能看见它流动的绿血。

又一路走到它抽葶、结穗,穗头一天天变得多汁水,麦芒像粗硬的枪一样挺起来,你若下手去捋麦穗,每一根芒都带着

锯齿，割痛你。麦仁躲在麦芒的枪丛里睡大觉，一边睡一边胖。

麦穗也一天天黄。昨晚出门，夜色朦胧下，广大的麦田竟然笼罩着一层薄薄的淡紫色，不晓得什么缘故，看上去那么贵气，不像是土地庄田，倒像是什么仙境里的什么植物在结什么样的珠玉。

大概从前天开始，走在麦田夹裹的小道上，就能闻得见麦香了——白面的诚朴重浊的香气，又隐微，又厚实。

往常的这时候，我家里就要磨刀石蘸水，把镰刀一柄一柄地"嚓嚓"地磨，磨得雪亮，手指试刃，且得小心，吹毛断发，极易见血。磨镰刀是我爹的事，我娘准备往地里带的凉茶水——粗茶叶梗子泡浓茶，放白糖，放凉。炎天夏日灌半肚皮，清热又解渴。时候一到，一人肩上搭一块旧毛巾，顶一顶朽黑的破草帽，拿一柄弯柄镰刀，割麦去。

一张叫作《麦客》的照片上，一个男人肌肉虬张，挥舞一把巨大的镰刀，把一大捆麦子搂进怀里，仿佛透过照片，能听见"嚓嚓"的声音，像蚕争着抢着嚼吃桑叶，像天边远远地涌过来海水，像中世纪的武士沉默着争战，用武器收割生命。如今每个地块里都涌动着割麦的人，每个人都嚓嚓嚓、嚓嚓嚓，麦子一片片倒地，成捆，再竖起。一捆捆的麦运到田头，装上大车，进麦场，打麦去。

那种老式的打麦机，铁皮包裹着身子，长着两张嘴，一头进麦个子，一头喷麦秸、出麦粒。铁皮肚里是好些铁条焊起来的滚筒，在里面把麦个子轰隆隆地打碎，麦秸扔出去，麦粒用麻袋装起来。往铁嘴里入麦子的那个人啊，头发、眉毛上沾着

麦 子

碎屑,嘴鼻里全是土,浑身沾满了麦芒,像个刺猬。

所有人都顾不上说话,在打仗哪!

什么叫国计民生?那么大的一个词,就在这一粒一粒金黄的麦粒里,在噼里啪啦往下砸的汗珠子里,在虬结偾张的肌肉里,在黑眉乌嘴的脸上和一笑起来洁白晃眼的牙齿里。

如今麦子直接收割脱粒,当年我爹一辈受过的苦、挨过的累,人们可以不用再受。走在沃野平畴包夹的小道上,阳光下的麦田闪耀着明亮的金光。

《全球通史》载:"现代的小麦、燕麦、裸麦以及现代的山羊、绵羊、牛、猪均起源于中东。"又说:"中国的小麦和大麦是公元前1300年前后从中东引进的。不过最近的研究表明,早在那时以前,中国当地生长的植物已被驯化,并已有了3000年的栽培史。要证明中国是最早的、独立的农业发源地之一,是完全可能的,因为中国北部的黄土平原土质半干燥,上面稀稀疏疏地覆盖着一层草,即使只有古代挖掘用的木棍,也能够进行植物栽培。所以,中国的土生植物如黍、高粱、稻、大豆、大麻和桑树等早在公元前5000年时已作为旱地作物得到种植。这也就说明了最后出现的小麦和大麦为什么在中国也被当作旱地作物进行栽培,而不像在它们的发源地中东,种植在水田里。"

这说明,小麦在它的中东老家是像水稻一样种在水里的,结果到了中国,它爬到了岸上,成了黄河流域的主要旱地作物。

中国小麦发现的最早遗址在新疆的孔雀河流域,也就是我们经常说的楼兰。在楼兰的小河墓地发现了四千年前的炭化小麦。可以想见,那里的沙漠绿洲当时是怎样的欣欣向荣的景致:

鱼儿水中游,鸟儿天上飞,动物林中跑,草地上放牧着牛羊,土地上生长着小麦。

《全球通史》里说的小麦传入中国是公元前1000多年前,应该说的是传入中国内地。当时中国正值商朝时期。到了汉代以后,小麦开始普及。主要是战国时期发明的石转盘在汉代得到推广,有了它,小麦就可以磨成面粉了。

南宋时期,北方人大量南迁,吃不惯南方的大米,对于小麦的需求旺盛,所以小麦也就长了脚,开始由北向南迁移。到明代的时候,已经全国范围内都有小麦种植,只不过有的地方种得多,有的地方种得少而已。《天工开物》载:"齐、鲁、燕、秦、晋,民粒食小麦居半,而南方闽、浙、吴、楚之地种小麦者二十分而一。"

白面好吃!《平凡的世界》里有个孙少平,一年四季小菜都吃不起,更不用提白面的"欧洲馍"和棒子面的"亚洲馍",成天跟高粱面的"非洲馍"过不去。就这也不能填饱肚皮。有一回到别人家做客,上了一托盘白面馒头,又给他端上来一碗白菜炖肉。"白馍肉菜的香味使他有些眩晕",他把菜刨了个精光,吃了人家五个大白馒头。

小麦自带的一种贵气,机器把小麦收回家,于是家家场院都要趁着日晴晒麦。头顶有布谷声声叫,人们在场院里拿着锨翻晒,说不上多努力,慢条斯理。金色的阳光打在身上,场院里的麦堆也泛着金光。"愿麦子和麦子长在一起,愿河流与河流流归一处",这是谁的诗,忘了。

家家打稻趁霜晴

四时田园杂兴十二绝·其一
宋·范成大

新筑场泥镜面平,家家打稻趁霜晴。
笑歌声里轻雷动,一夜连枷响到明。

新筑就的打麦场的土泥地面被百姓精心地打磨得像镜面一样平整,家家户户趁着霜后的晴天打着新稻。歌声、笑声、打稻声,和成轻雷鸣响,听吧,百姓挥舞连枷打稻的声音一直响到了天明。

这诗里的家家户户都很高兴,因为新稻下来了,马上就能有白亮亮的新米吃了,所以会一边打稻,一边唱歌,一边欢笑,哪怕整晚劳作,也觉得开心!

中国人和稻谷打交道的历史可就长了。世界上公认稻米的原产地就是中国,据《中国稻作学》记载,最早稻米遗址见于浙

稻 子

 285

稻　子

江河姆渡遗址，距今已有七千多年历史。

不过，一开始它不是食物界的老大，食物界的老大应该是粟。稻需要水田，而在魏晋南北朝以前，经济文化中心都在北方，所以稻的地位不如粟重要。后来中土政权南移，经济中心也南移，稻米才成了食物界的老大。

如同小米有不黏的小米和黏的"黄米"，大米也有不黏的大米和黏的"糯米"。"稻"最初专指黏米，秔、秌等才专指不黏的米呢。黏稻米也可以用来做黏糕，品质比黄米面的黏糕好一些，细口白亮。而且黏稻好做酒，《晋书·陶潜传》讲陶潜做彭泽令："公田悉令种秫。曰：'令吾常醉于酒，足矣。'妻子固请种稻，乃使一顷五十亩种秫，五十亩种稻。"

他这个当官的，居然为了喝酒，让人把公田都种成可以酿酒的秫，他老婆不同意，坚持主张要种可以吃的黏稻米，于是两个人折中了一下，一半种秫，一半种稻。

——也幸亏他后来不当官了，他天生的就该是一个文人。

稻和粱都是"细粮"，杜甫《壮游》诗有"国马竭粟豆，官鸡输稻粱"的句子，讲的是唐明皇斗的鸡、走的马吃的都是粟是豆，是稻是粱——可怜普通老百姓那时候还拿着大麻籽当美食。

我们那里的河岸两边过去遍种水稻，造就了鱼米之乡。那时候吃的米饭和米粥是香的、润的，光是白嘴来吃，就特别清甜。或是只将腌的大白萝卜细细剁碎，拌在米饭或者米粥里，就特别适口下饭。如今鲜少吃到这样的米了。一个开米店的亲戚告诉我，现在卖的米，打的旗号是新米的，顶多是"一年陈"，还有两年陈和三年陈的。真正的好的新米，卖价太高，普通百姓

一般不肯买。当年我们吃的米,那是真真正正的新米,怪不得那么香。

汪曾祺先生笔下有一个叫作八千岁的人物,开着一个米行。他那店里一溜排开几个大米囤,从"头糙"(只碾一道,才脱糠皮)、"二糙""三糙"到"高尖"应有尽有。挑箩把担卖力气的吃头糙米,骨堆堆一老碗紫红紫红的糙米饭,上面堆上岗尖岗尖的腌小鱼和小青菜,大口大口吞食;住家铺户吃二糙、三糙米,比头糙精致,米色亮白一些;所谓高尖,精致透亮,只有高门大户才吃,普通百姓不是吃不起,只是总觉得有些糟蹋东西。中国自古惜福心理就十分强烈,字纸尚且不肯浪费,更何况养身的米?此外还有糯米和晚稻香粳。糯米不用说,蒸八宝饭、包粽子;香粳米煮出粥来米长半寸,颜色浅碧如碧螺春茶,香味浓厚——《红楼梦》里面有一个章回专门说到芳官吃的一顿便饭:"一碗酒酿清蒸鸭子,一碗虾丸鱼皮汤,一碟腌的胭脂鹅脯,另还有一大碗热腾腾碧莹莹蒸的绿畦香稻粳米饭。"我猜,这种米,就是芳官吃的"绿畦香稻粳米"了。

贵族人家吃得细,连小丫头吃的米都是这么高贵。也有吃得粗的。老北京的八旗子弟,吃着皇粮禄米,天天游手好闲。他们吃的,都是窖藏了多年的老陈米,一点油性都没有,干硬糙口,难吃至极。不过吃惯了老米,"另一种味儿!"对付这种米,他们有极为特殊的吃法,大体上采用了《儿女英雄传》里邓九公的方式:

"……只见邓九公他并不吃那些菜。一个小小子给他捧过一个小缸盆大霁蓝海碗来,盛着满满的一碗老米饭,那个又端着一大碗肉,一大碗汤。他接来,把肉也倒在饭碗里,又泡了半碗白汤,拿筷子拌了岗尖的一碗,就着辣咸菜,唿噜噜嘎吱吱,不上半刻,吃个罄净。"

糙米加肉汤,再加上辣咸菜开胃,既美味又还能锻炼出一副铁打的胃,让人没办法不服气。

我对粮食从心里有一种尊敬和崇拜,有时看到掉在桌上的一粒米,会发呆:这粒米,不知道是哪粒种子被种在土里,经过了多少风霜雪雨,又被哪个农民精心养育,浇水、施肥、捉虫、打药、顶着酷暑烈日收割了来,再冒着酷暑高温脱了粒,脱一遍还不算,再脱一层层皮,成为白白亮亮的精米,煮成饭落到我的饭碗里,结果不等吃它入口,就被轻轻抛弃,假如这米有灵,不知道会不会伤心。

所以,我们家的粮食是不允许随便丢弃的,在外边吃饭也不会随便吃半碗扔半碗。我在我们当地的临济寺吃过一次素斋,看那些不起眼的素菜素饭,盛在清清疏疏的餐盘里,竟是那样的温柔默契,不由得心生感动和敬畏,细细把一碗米饭吃完,不肯妄弃一个米粒。

大麦黄

大麦行
唐·杜甫

大麦干枯小麦黄,妇女行泣夫走藏。
东至集壁西梁洋,问谁腰镰胡与羌。
岂无蜀兵三千人,部领辛苦江山长。
安得如鸟有羽翅,托身白云还故乡。

  大麦干枯,小麦发黄,妇女一边走一边哭,丈夫早跑远躲藏。从东到集壁西到梁洋,想问问谁能帮我割麦啊,可是只有胡人与羌人腰里带着镰刀来抢我的粮。难道没有三千蜀兵来保护我们吗?可是路途遥远他们又不愿意保我家乡。真希望我肋生双翅像飞一样,远远飞到白云之上,快快回到故乡。

  由这首诗可以知道那个时候,农家种田是也种大麦,也种小麦的,就像三四十年前我的老家那样。

大　麦

小时候老家种的农作物是全的,什么大麦啦、小麦啦、玉米啦、高粱啦、荞麦啦、水稻啦、旱稻啦、棉花啦……后来,也不知道什么时候,眼睛所见之处,乡村地里,小麦和玉米、高粱、水稻、棉花就都有,但是大麦没有了。

　　没有了我也不觉得奇怪,因为大麦太不好吃了。

　　大麦的植株个子矮矮的,穗头扁扁的,颜色黑青青的,麦芒窄得长长的,一看就好像不是什么正经好麦。那时候农村缺粮,大麦也是要磨面来吃的,可是磨出来的面,擀面条,面条是黏的,蒸馍馍,馍馍是黏的。黏得粘牙,抓喉咙,也不好咽。哪如小麦磨出来的面粉,煮出来的面条是光滑筋道的,蒸出来的馍馍软弹香甜。

　　不过对它始终很怀念,无他,因为我当过好长一阵子的猪倌。

　　当年家里的老母猪生了一窝小猪,我娘就让七八岁的我每天拿根杆子赶着小猪出去吃草。田间地头,草又密又多,小猪在地里头可劲地撒欢儿。等它们吃饱了,我就再把它们"嗒哧嗒哧"地往回赶,遇见谁谁都叫我一声"猪倌",叫得我可烦可烦了。人家是小姑娘!

　　赶猪回圈,卸了任,回家交差,我娘正煮了满满一锅大麦仁,要喂那头老母猪。大麦仁是搓去了外壳的,但是搓得也马马虎虎,好多壳子还待在上面。煮的时候抓一把盐,煮出来的大麦仁,我抓了一把往嘴里一填,我的天哪,又咸又筋道!

　　这么美味!

　　从此我就开始了和我们家老母猪抢吃大麦仁的历程。给猪煮大麦仁当饲料一直延续到了我读初中,我和老母猪抢大麦仁吃也抢到了初中。我带着我的同桌,一个黑黑瘦瘦的小女孩儿来我家玩儿,如今她都五十岁了,还对吃我们家的大麦仁饲料记忆犹新。

大概是人不吃,只能当饲料的原因,所以随着村里牲畜少了,大麦也就渐渐地不种了。曾经有诗写农家风光:"小麦青青大麦黄,新蚕满箔稻移秧。绿阴马倦休亭午,芳草牛闲卧夕阳。"工业时代来了,牛羊猪都集约养殖,这种牛哞马嘶、芳草夕阳的画面就基本上看不见了。乃至于现在我就算走遍附近的所有村庄,都看不见一株大麦生长。

后来,查资料才知道,大麦也叫饭麦、倮麦、赤膊麦。按式样可分为六棱大麦和二棱大麦。六棱大麦多用于制造麦曲,二棱大麦供制麦芽和酿造啤酒;栽培大麦又按有没有稃片,分为皮大麦(有稃大麦)和裸大麦(无稃大麦)。

我国是最早栽培大麦的国家之一,青藏高原是栽培大麦的起源中心。我家乡种的当是皮大麦,而西藏的青稞麦则是裸大麦的一种。小时候看小画书,藏民爱吃"糌粑",看图看得我口水滴答,原来它就是大麦做的呀。可惜到现在也没吃上。

大麦不光能人吃猪嚼,还能加工麦芽,做啤酒,还能当药。《本草纲目》记有大麦性味甘咸凉,有清热利水、和胃宽肠之功效。《别录》记载,"大麦主消渴、除热、益气、调中"。

人吃的大麦如今都做成大麦粉和麦片了,原来每天早晨喝的麦片粥就是大麦做的。以为它离我的生活越来越远,远到看不见,却原来一直就在身边。

月明荞麦花如雪

村　夜
唐·白居易

霜草苍苍虫切切，村南村北行人绝。
独出前门望野田，月明荞麦花如雪。

秋风萧瑟天气凉，野外荒草蒙秋霜。虫鸣切切不停歇，村南村北行人绝。独自拄杖出门前，极目远望遍田野。明月如水中天挂，荞麦开花如落雪。

这样的景象，好熟悉啊。

"郎对花姐对花，一对对到田埂下。丢下一粒籽，发了一颗芽，么秆子么叶，开的什么花？结的什么籽，磨的什么粉，做的什么粑？此花叫作什么花？""郎对花姐对花，一对对到田埂下。丢下一粒籽，发了一颗芽，红秆子绿叶，开的是白花，结的是黑子，磨的是白粉，做的是黑粑。此花叫作荞麦花。"

黄梅戏《打猪草》里的这段"对花"当年是流行歌曲，里面唱的就是荞麦。

荞麦是我国土生土长的作物，大约1世纪左右从亚洲传到欧洲。荞麦喜凉好湿润，主要分布在北方和西南高寒山区。

《齐民要术·杂说》里有关于荞麦的记载："凡荞麦，五月耕；经二十五日，草烂得转；并种，耕三遍。立秋前后，皆十日内种之。假如耕地三遍，即三重著子。下两重子黑，上头一重子白，皆是白汁，满似如浓，即须收刈之。但对梢相答铺之，其白者日渐尽变为黑，如此乃为得所。若待上头总黑，半已下黑子，尽总落矣。"

宋人朱弁在《曲洧旧闻》中描述荞麦很详尽："荞麦，叶青、花白、茎赤、子黑、根黄，亦具五方之色。然方结实时最畏霜。此时得雨，则于结实尤宜，且不成霜，农家呼为'解霜雨'。"

荞麦确乎是如他所说，红秆绿叶开白花，月亮地里那是真好看，像蒙一层碎雪。一次父亲半夜浇地未归，我跟母亲出去找他，母亲走得很快，月亮当头照着，迎面朦胧的树影越膨越大，一直高到半天空，好像一个人驾着一匹马。我不敢说话，小碎步跟着跑。跑到村外，四处无人，虫有没有响不记得了，路旁地里有一片白粉粉的，待走过去看，就是开了花的荞麦。好像月亮专为它照，它又像专为月亮而开。

宋人王禹偁作诗颂之："棠梨叶落胭脂色，荞麦花开白雪

荞 麦

香。"这是真的。

也有诗人惦记用它来做饼吃,比如宋代诗人姚勉《道中即事》诗:

> 荞麦花开如雪铺,新霜寒早半欲枯。
> 故山今年熟此否,读书夜饥需饼炉。

荞面饼我没有吃过,我倒是吃过荞面拍糕。村里时常会来一个老头子,骑一辆自行车,车上驮一个篓,一边走一边吆喝:"卖拍糕……"正是吃饭时候,桌上菜少,家里就会打发孩子拿个碗出去,买两块拍糕。老头子把蒙在篓上的白布掀开,从里面拿出两块浅褐的面饼,饼上还有手指印,显然是把面和好,然后用手拍拍打打成饼型,然后蒸熟,故名"拍糕",乡人叫转了音,叫"pā gāo"。老头子把拍糕拿出来,左手托糕,右手拎刀,快速地在手掌上把拍糕左一刀右一刀切得带尖带角,堆在碗里,再从车把上挂着的塑料瓶子里倒出蒜末水,淋上香油、醋,教小孩端回去,饭桌上就有了一味小凉菜。究竟其味能好到如何,不过是佐以醋蒜,吃那点荞面麦的清香。

元代农学家王祯《农书·荞麦》里写:"北方山后,诸郡多种,治去皮壳,磨而成面或作汤饼。"古时称汤面为汤饼,这应该就是饸饹了。

小时候,我的老家农忙时节,或是要修房盖屋,需要请人帮忙,或是家里来了贵客,乡民有时会做荞面饸饹招待。那种特制的饸饹床子,一根圆木上钻胳膊粗细的圆孔,底部蒙铁皮,

铁皮上钻一个一个的细圆眼。另有一根圆木"长"在这根圆木之上,构造我委实没看清楚,原理倒是明白,就是利用杠杆原理,把和好的饸饹面塞进下面这根圆木的圆孔里面,再用上面那根圆木下伸出来的第三根细一点的圆木往圆孔里面用力压,面团就被压成了面条,这就是饸饹。饸饹床子是直接架在开水锅上的,荞面饸饹直接被压进锅里,煮熟捞出,浇上浓厚的肉汤——必须是肉汤,且最好是羊肉或牛肉汤。饸饹吃的是一个"香"字,若是不香,味道不好。

光浇肉汤也不行,还要再泼入多味调料,加上辣椒、虾皮、香菜、香油。如果天热,饸饹也可以凉吃,加油辣、蒜泥、芥末等调味。

荞麦大概因其花白,又称玉麦,又因其籽实三角,名三角麦,又因磨出来的面黑,又名乌麦。它本不在五谷之列,不过杂粮而已。过去达官贵人不肯吃,《宋史》曾载"太宗景祐三年,礼官宗正请每岁秋季月尝豆尝荞麦",这不过是教皇帝品尝一下民间疾苦。如今荞麦面倒显得金贵了一些,说是可以降血脂。至于荞麦花,四十年未见了。

昔我往矣,黍稷方华

诗经·小雅·出车

昔我往矣,黍稷方华。今我来思,雨雪载途。
王事多难,不遑启居。岂不怀归?畏此简书。
喓喓草虫,趯趯阜螽。未见君子,忧心忡忡。
既见君子,我心则降。赫赫南仲,薄伐西戎。
春日迟迟,卉木萋萋。仓庚喈喈,采蘩祁祁。
执讯获丑,薄言还归。赫赫南仲,狁于夷。

先前我去之时,麦苗青青夏初。
今日胜利归来,大雪落满路途。
国家多灾多难,闲居哪有工夫。
难道我不想家?恐有紧急军书。
草虫咕咕鸣叫,蚱蜢蹦蹦跳跳。

没见想念的人，内心忧思萦绕。

见到想念的人，心中郁闷全消。

威风凛凛南仲，将那西戎打跑。

春日缓行天宇，花木丰茂葱郁。

黄鹂唧唧歌唱，女子采蒿群聚。

押着俘虏审讯，高高兴兴回去。

威风凛凛南仲，猃狁全被驱除。

任何时代，当兵打仗都是不得已又不得不为的事情。一是勤国事，一是尽义务。一去之时禾麦青青，归来之时大雪满途。心中最想见的人若是见到了还好，若是见不到，血里火里走一遭，身体和心，就都空了。

打仗的事暂且不说，谁输谁赢也不去说，日光之下，哪有新事呢，只说这出征打仗时，尚且在田地里生长着的青青的黍稷之苗。

黍也好，稷也罢，这个方是国计民生，活人的根本啊。

按古人的讲法，五谷通常指的是黍、稷、麦、菽、麻。若加上稻，即为六谷。

而"谷"的窄义，就是稷。相传共工氏族是世代的水正，就是管理水的职位。发洪水的时候，共工的儿子句龙就让人们到高地土丘上去住，没有高地就挖土堆丘。土丘的规模是每丘住25户，称之为"社"。句龙死后，被奉为土神，也叫社神，为了纪念他，还专门造屋祭祀，称之为"后土"。烈山氏的儿子柱做的是夏的稷正，稷是农作物之一种，稷正，就是主管农业的官职。他死后，被奉为农神，也叫五谷神。

黍 稷

也就是说，社是土神，稷是谷神。中华民族以农为本，土神和谷神是我们最重要的原始崇拜物。于是，就像江山用来代指整个国土一样，社稷也用来代指整个国家。

《白虎通·社稷》云："人非土不立，非谷不食。土地广博，不可遍敬也；五谷众多，不可一一祭也。故封土立社示有土尊；稷，五谷之长，故立稷而祭之也。"那么，稷算得上是谷物中的老大。它是禾本科作物，别名为粢米，起源于中国北方，史前就已经有了栽培，殷商时期则成为人们的主食。之所以是老大，是因为它抗旱、耐热、抗虫害、生长短、活人多。

黍的模样长得跟稷一个样，籽粒都形如小米，不过稷米光滑黍米黏。《本草纲目》云："稷与黍一类二种也，黏者为黍，不黏者为稷，稷可作饭，黍可酿酒，犹稻之有粳与糯也。黍稷之苗，似粟而低，小有毛，结子成枝而殊散，其粒如粟而光滑，三月下种，五六月可收，亦有七八月收者，其色有亦白、黄、黑数种，黑者禾稍高，今俗通呼为黍子，不复呼稷矣。"

意思是说，稷和黍是同一类里面的两种作物，黍是黏的，稷是不黏的。稷可以煮饭，黍可以酿酒，就像稻有粳稻与糯稻之分。黍稷的苗，像粟的苗，但是比粟苗矮，叶小而有毛，结出籽来，抱得不那么紧，是散的，子粒也像粟米一样，但是比粟米光滑。三月下种，五六月就能收获，也有七八月收获的。颜色有白色、黄色、黑色这几种，黑色的禾苗稍微高一点，如今都通俗地把它称为黍子，不再把它叫成稷了。

总的来说，黍和稷约等于一回事，但和粟不是一回事。

少时年年去姨家，都有黏糕吃。姨家自己的大院子和院外的大水塘边满种着枣树，结的满满的枣子。又种的有黍米，磨成面，稀软，厚厚地平摊在笼布上，摁上一层枣，大火小火地蒸熟，切开，甜软黏牙，饱腹充胃。

　　黍的地位在古时比稷略低，不过也是好粮食。孔子的弟子子路遇隐者，隐者请子路住下，还给他杀鸡做黍米饭吃。还有孟浩然的"故人具鸡黍，邀我至田家"，也是有鸡，有黍米饭，看来这种吃法在民间是饮食的高配。

黄鸟黄鸟,无啄我粱

诗经·小雅·黄鸟

黄鸟黄鸟,无集于穀,无啄我粟。此邦之人,不我肯穀。言旋言归,复我邦族。

黄鸟黄鸟,无集于桑,无啄我粱。此邦之人,不可与明。言旋言归,复我诸兄。

黄鸟黄鸟,无集于栩,无啄我黍。此邦之人,不可与处。言旋言归,复我诸父。

黄鸟黄鸟你听着,不要聚在穀树上,别把我的粟啄光。住在这个乡的人,如今拒绝把我养。常常思念回家去,回到亲爱的故乡。

黄鸟黄鸟你听着,不要桑树枝上集,不要啄我黄粱米。住在这个乡的人,不可与他讲诚意。常常思念回家去,与我兄弟在一起。

黄鸟黄鸟你听着，不要聚在柞树上，别把我的黍啄光。住在这个乡的人，不可与他相处长。常常思念回家去，回到我的父辈旁。

显然在春秋时期，粟啊，粱啊，黍啊，都是有的。这些是那个遥远年代的主食。它们都是籽粒圆圆的、小小的。这些小东西生命力真顽强，历劫而不毁，历兵火而不伤，不是不伤，是伤了又能再长，供人代代充饥肠。

唐代诗人李绅有《悯农》诗：

春种一粒粟，秋收万颗子。
四海无闲田，农夫犹饿死。

粟，就是谷子，去壳后黄灿灿一粒粒小小圆圆的小珍珠，就叫小米，天生的荡暖驱寒、温老暖贫的好物什。

《四世同堂》里，日本人占领了北平城，实行粮食管制，城里的穷人没办法，只好冒危险把一些布匹或旧衣裳运到张家口、石家庄这些地方，再从这些地方换回点粮食来。他们必须设法逃过日本人的检查，必须买通铁路上的职工与巡警。有时候，他们须藏在货车里，有时候须趴伏在车顶上。得到一点粮，他们或她们须把它放在袖口或裤裆里，带进北平城。

其中就有一个刘师傅的太太，她给四世同堂的祁老太爷送来了一斤来的小米子，让他熬点粥喝。"小米子，在战前，是不怎么值钱的东西；现在，它可变成了宝贝！每逢祁老人有点不舒服，总是首先想到：'要是有碗稠糊糊的小米粥喝，够多么好

呢!'今天，看见这点礼物，他摸弄着那一粒粒娇黄的米粒，倒好像是摸着一些小的珍珠。他感激得说不上话来。"

我家是华北平原上蹲坐的一个小小的村庄，从村外向里看，树木翁郁，遮盖得看不见人家房屋什么模样，到处夏天来团团深绿，秋至又片片浅黄。从村里向外走，东边一处棉田，西边一处高粱，村前一片谷子地，村后一片打麦场。凡是北方能长出来的粮棉作物，在我家乡都能一一点将。

包括粟。

它能适应风雨不时的干旱气候，在北方广有种植。现在一说起"谷子"，眼前唰啦展开一幅卷，日头强烈，田间谷穗累累，压弯了禾腰。谷子的穗头重沉沉的，小小的籽粒紧攒紧聚。

《小雅·黄鸟》里的"无啄我粱"，其实粟和粱是同一种粮食，不过品质有些差异。粟是低配，粱是高配——就像黍和稷比起来，黍是低配，稷是高配一样。粟吃起来略有涩口而少些黏性，粱煮出来的粥则光滑圆润。

粱中的高高配，又叫黄粱。唐代东平游侠淳于棼，武艺高强，因酒失去淮南军裨将之职，闲居扬州城外。庭前有古槐树一株，清阴数亩。他常与豪士纵饮其下。一日，他听说孝感寺中元盂兰大会，有契玄禅师讲经，便前去听经。经堂里，淳于棼见到三个美貌女子，原来她们是奉了国王之命，趁孝感寺讲经，四方士子云集之机，来为国王的女儿金枝公主选婿来的。

淳于棼听经归家，寂寥无绪，又招人痛饮，然后烂醉入梦。忽听车铃响，一辆四牦牛车停在榻前，两名紫衣使者扶淳于棼上车，向古槐穴下驶去。不一会儿到国门，见城楼上书"大槐安

粟

国"。淳于棼进门下车,上殿见了国王,国王当面许婚,招他做了驸马。

槐安国邻国檀萝国,屡犯南柯郡,国王命淳于棼继任南柯太守。他到了南柯,为守二十年,政绩卓著。公主为他生了二男二女,他为公主在南柯地方造了一座避暑瑶台。檀萝国四太子早已垂涎公主美色,率兵攻打瑶台。幸得淳于棼带兵赶到,杀退了贼兵。

右丞相妒忌他的政绩,在国王面前进谗,建议招驸马还朝。国王传旨,升驸马为左丞相,即日还朝。公主病逝于还朝路上。

淳于棼在南柯二十年,势力盘根错节;他又入朝做了左相,更是尽相结交权贵。且又和琼英郡主、灵芝夫人、上真仙姑日夜交欢。这时,国人上书国王,言有大害将临槐安国,犯牛女虚危之次。右丞相趁机进谗,说这一切都应在驸马身上。国王听了,夺了驸马的官职,让他回了老家。

他不复往日威势,乘秃牛单车出了洞穴,到了家门。紫衣使者推淳于棼于榻上,且高呼"淳于棼,快醒来"。淳于棼醒来,原是南柯一梦。

这是汤显祖的《南柯记》,说尽世事一场大梦,人生几度秋凉。它的原始出处是唐人沈既济的《枕中记》,写卢生在邯郸旅店中昼寝入梦,历尽富贵荣华,一觉醒来,店主人所煮黄粱饭尚未熟。睡梦中吃鱼肉,醒过来小米饭,这落差委实大了些。

现在的人多以小米熬粥,吃小米干饭的人少了。以前我是吃过的。实话说,一是不如熬煮的小米粥光滑好吃,一是不如大米干饭好吃,米粒子太细碎,且又拉舌头。可是没有大米的时候，小米，而且是干饭，不也是很好、很好的吗？一碗小米干饭，一碟腌萝卜小咸菜，一碗炒青菜，也可以吃得饱，吃得暖。

有讲究的人家，可以吃二米饭，就是大米和小米掺和起来，煮成粥也行，焖干饭也行。有那更讲究的，还要掺上一把黄豆，做成豆饭，煮粥也更香，焖干饭也更香。

季羡林在文章里回忆："家里日子是怎样过的，我年龄太小，说不清楚。反正吃得极坏，这个我是懂得的。按照当时的标准，吃'白的'（指麦子面）最高，其次是吃小米面或棒子面饼子（黄的），最次是吃红高粱饼子，颜色是红的，像猪肝一样。'白的'与我们家无缘。'黄的'与我们缘分也不大。终日为伍者只有'红的'。这'红的'又苦又涩，真是难以下咽。但不吃又害饿，我真有点谈'红'色变了。"

到了春、夏、秋三个季节，庄外的草和庄稼都长起来了，季羡林就到庄外去割草，或者到人家高粱地里去擗高粱叶，给有地有牛的二大爷家喂牛。他把草放在牛圈里，赖着不走，总能蹭上一顿"黄的"吃。到了过年的时候，自己心里觉得，在过去的一年里，自己喂牛立了功，又有勇气到二大爷家里赖着吃黄面糕。黄面糕是用黄米面加上枣蒸成的。颜色虽黄，却位列"白的"之上，因为一年只在过年时吃一次，物以稀为贵，于是黄面糕就贵了起来。

遥远的春秋年代，小鸟儿啄食谷子，会把农人心疼得够呛，因为人尚且饿着哩，指着它养命哩。如今真是好时候，我就见过谷子地里小鸟落在摇摇晃晃的茎秆上，就着微风一摇一摆地荡，并且低头笃笃地啄食，高兴了又扬起脖儿把歌唱。

番麦高撑杵,香蒿细缀珠

宿马蹄掌偶吟
清·马国翰

一径入深窔,方知风景殊。
披棱露鱼脊,树瘿偃牛胡。
番麦高撑杵,香蒿细缀珠。
晚投村店宿,时有怪禽呼。

顺着一条小路走向深处,发现小路深处有风景和别处不同。"披棱露鱼脊,树瘿偃牛胡"不知何意,不过下面的诗句写的是番麦高高地支撑着它们的身躯,香蒿上缀着细细密密的"珍珠"。晚来投宿村店,时时听到有怪鸟鸣呼。

读起来感觉阴森森的。不过,看到阴森荒僻的环境有番麦生长,就踏实了:番麦就是玉米,说明此地有人烟。

《甄嬛传》中,甄嬛父亲发配到宁古塔,甄嬛拼了老命也要把她爸爸救回来,因为那地方寸草不生,五谷不长。其实那是她没出过远门,不知道,那地方是长玉米的。清人富尔丹编写有《宁古塔地方乡土志》,里面有这样的记载:"玉蜀黍,茎叶似蜀黍,子藏包中,俗呼包儿米。"

蜀黍就是高粱,玉蜀黍就是玉米。玉米确实茎叶和高粱差不多,只不过玉米矮壮些,高粱则细高挑儿。

清人有关玉米的说法不少,刘灏编写的《广群芳谱》中有:"玉米或称玉麦或称玉蜀秫,从他方得种,其曰米、麦、秫皆借名也。"是说玉米这种植物,是从别处传来的,叫它玉米也好,玉麦也好,玉蜀秫也好,都是借的名字,不是我们给它取的名。

玉米还叫苞芦、腰芦,清人洪亮吉编写的《宁国府志》中有:"杂粮曰苞芦:一名六谷,又名玉米。流民赁垦包芦,有妨河道。嘉庆十二年奉旨查禁。"

为什么清人提到它的时候多?因为它是在明朝后期才传入我国宁夏地区,清朝中晚期才在全国广泛种植的。中国最早对玉米的记述是嘉靖三十九年(1552)的《平凉县志》里,当时叫它番麦。李时珍著的《本草纲目》也记载有玉蜀黍,种出西土,种者甚罕,说明当时种植的人很少。

外来户,名字多,每推广到一个地方,这个地方的人们就会给它安上一个自己喜欢的名字,所以玉米就有了番麦、玉蜀黍、西天麦、包谷、苞谷、六谷、腰芦等的叫法。

宋人杨公远的《感怀》诗里也提到了"玉米":

桂薪玉米转煎熬,口体区区不胜劳。

今日难谋明日计，老年徒羡少年豪。
皮肤剥落诗方熟，鬓发沧浪画愈高。
自雇一寒成感慨，有谁能肯解绨袍。

有的译文说是刚摘下来的玉米，熬成粥，非常好喝——这个不对。宋朝还没有玉米，此处的"玉米"，只可以说是如同珠玉似的白米。

玉米最早是在南美种植，在美国缅因州瓦巴纳基人中间流传着一个"玉米的传说"：

很久以前，有一个印第安人独自生活着，和其他人离得很远很远。他不知道火，靠吃野果、树皮和块根过活。因为没有伙伴，这个印第安人感到极为孤单寂寞。对挖掘块根果实，他越来越厌倦，食欲也日益减退。他一连好几天躺在阳光下做梦。当他做梦醒来时，发现附近站着个什么东西。最初，他非常惊骇。可是，一听见她说话的声音，他内心高兴极了：原来是一位美丽的女子，头发柔软细长，和印第安人完全不同。他请她走到他跟前来，可她不愿意；而他要试图走近她时，她似乎又远去了。他对她唱起了自己孤苦寂寞的歌，恳求她不要离去。终于，她告诉他，如果他愿意按她的吩咐去做，他就可以永远和她在一起。他满口答应了。她把他带到一个放着一些干草的地方，要他找两根枯枝来，放在一起飞快地摩擦，然后把枯枝放进干草里。很快，干草里冒出了火星，草点着了，一刹那间，整个地面燃烧起来。接着她又说："当太阳下山时，你抓住我的头发，把我从燃烧过的地面上拖过去。"这件事他可不乐意做，但她告

蜀 黍

诉他，凡是将她拖过的地方，会长出一些像青草一样的东西。他将看到她的头发从叶子中露出来，这时籽已结好，可拿来食用。他按她说的去做。迄今为止，当印第安人看到玉米秆上的玉米须（头发）时，他们就知道，她还没有忘记他们。

清人吴炽昌写的《客窗闲话》中，记载巾帼英雄秦良玉遗事，说她帮石柱百姓过荒年，"使生置芋粟，一名包谷，此贱而易成之物，遍撒山地"。看来，玉米还是帮助百姓渡过荒年的救命粮，因为它易种易收，随撒随长。这确实是的，走到山里，就会看见山里人家这里那里的小块边边角角的田地种着玉米，虽是土地贫瘠，水肥不继，但总归能够结出玉米棒子，磨出面来供人吃。

去年自家院落种了几畦菜，有玉米种子落进土里，长出了几茎玉米苗。刚开始嫩绿得能看见叶脉，日长日大，逐渐拔节粗壮，也不曾管它，居然一个个的，怀里都搂上了戴红缨帽的娃娃。我母亲在台阶上坐着，说，等它熟了，就能煮着吃了。

收获的那几日，日子过得很是丰富，长豆角也在架子上长起来了，黄瓜也在架子上长起来了，每天在菜畦里钻着掐豆角，寻黄瓜——不寻不行，有的黄瓜特别爱捉迷藏，自己藏在看不见的宽大叶片后面，偷偷长得肥胖。

掐了满把的长豆角，寻了三四根黄瓜后，放在台矶上，转过头又可以转着圈掰玉米。这个太嫩，让它再长长；这个老了，得赶紧掰下来。

然后，晚饭的内容就有了：炒豆角、拌黄瓜、煮玉米。

最平常不过的农家饭菜，当年也曾这么吃来，时隔三四十年,又自种自收地吃上了。

小时候,最常吃的是玉米粥和玉米面饼子。我娘蒸饼子有一套,一口大铁锅,烧得咕嘟咕嘟的开水。她把搅好的玉米面挖起一团,在手里左手拍拍,右手拍拍,来回倒两回,往锅壁上"啪"一贴,再"啪"一贴,转眼大锅壁上就贴了一圈儿扁扁的饼子。盖上锅盖,蒸熟起锅,用锅铲铲下来,饼子一面被炕得焦黄,吃起来焦脆。就着腌辣椒或者炒鸡蛋来吃,味儿很不赖。晾凉的饼子从中间剖开,滴两滴香油,对着搓搓匀,撒一点细盐粒,又咸又香,又是上学的小孩回来后的零嘴儿。

玉米茎株本就粗壮,一棵棵密不透风地排列在田野里,一副肩宽背厚的样子。在玉米地里锄草、施肥、浇水是苦差事,大夏天的,农人要穿着长袖衣裳和长裤下地,脸上也要蒙一层纱巾护住脸和脖子,实在是玉米叶子太锋利,一不小心能把手上的皮肉拉一道口子。饶是如此防护,手上也不免被宽大的叶子扫得红痕累累。

收玉米有两种法子,一种是把玉米整个砍倒拖到地头,地头专门有妇女包着头巾一个一个把玉米掰下来。地里只剩下玉米茬子,这时候在田里走动一定要注意,玉米茬子快逾利刃。

或者是让它站着,然后人们开始掰。被掰了的玉米怪可怜的,怀里的孩子没有了,只剩一张张撕得凌乱的玉米皮。

收下来的玉米用小拉车、大马车拉回去,黄黄白白的,如同山积。摊在场院里晒得干了,再倒回家去,晚上家里人就有活干了:围着一个荆条编的筐,把玉米一点一点往下"泥",这个"泥"读四声,就是用手一下一下地把玉米从轴上搓下来。

一只玉米，珠玉排满，哪有那么好搓的，所以就诞生了一种特别简单的工具，一个长木块子上，安上一个钉子，玉米从上往下一过，唰啦一声就被啃下一条来。再唰唰两声，啃出两条，这样有了缺口的玉米，就好"泥"了。但是也不能直接用手，要不然不一会儿的工夫手就疼得火烧一样。要另拿一个玉米，两个对搓，那个有了缺口的玉米的粒子就哗啦哗啦往下掉，那个没有缺口的玉米就充当"他山之石，可以攻玉"的那个"石"。但是搓着搓着，它也往下不规则地掉粒子：可又好了，另拿一个完好的，继续两个对搓，就这样一个对一个地搓下去。手工搓玉米，就是这么麻烦。

现在都是机器了，农民种玉米、收玉米已经很省力气。

那时候不喜欢吃玉米面，因为一天三顿见不着白面，玉米面吃多了拉嗓子，又没有好菜儿配。农家小菜饭，要不就是腌辣椒碎，要不就是打辣椒粥，顶多就是炒豆角茄子。关键是没肉。现在为什么排骨馆里要搭卖玉米饼子和玉米粥为主食，因为吃这么粗糙的食物，一定要有肉来配，这样才软滑香糯有滋味。

如今，吃一次炒豆角、拌黄瓜配玉米粥和煮玉米，则是因为中午曾经大鱼大肉。生活好了，才会把粗食当享受。这可真是好日子。

花开天下暖

棉 花
清·马苏臣

五月棉花秀,八月棉花干。
花开天下暖,花落天下寒。

  有的书上的翻译是这样的:五月里棉花开花了,八月里棉花晒干要收藏了。棉花开了预示天下人温暖有保障,如果棉花萎落了,那人们可要挨冻了。
  我觉得不对。
  花开的时候,正是五月麦熟时节,天气正暖,棉花的花开得也正好。黄的、红的、粉红,比酒杯还大,张着大喇叭,花心里是毛茸茸的蕊,好看得上得了画——可是却很少有人真的用它来入画。
  实在是农人的心里和眼里,花不是用来看的。开花意味着

结实,结实意味着收获,收获意味着吃饱穿暖,而吃饱穿暖,才是农人心里最重要的奥义。

  诗人和画家的心里眼里,有那么多上得了品的花,桃花呀、梨花呀、杏花呀,甚至肥俗浓艳的梧桐花,哪里有眼睛去看那大朵大朵的棉花的花。而且棉花多生在干旱少雨的地方,夏秋时节,诗人和画家真没这个兴致去顶着大太阳观赏,有那个精神头,不如看风致的荷花荷叶。

  到了八月时节,棉花的花就落了,阔大深绿、毛茸茸的叶片开始枯萎,花落之后的小青桃逐渐变鼓、变大、变黑、变干,咧开嘴,露出里面毛茸茸的白棉花。

  这个时候,天气也渐渐变凉了,整个世界开始需要棉花来保暖了。

  所以,不是八月棉花干,花落天下寒,而是说天下正一步步迈向寒冷的时候,棉花有了,人就不冷了。

  棉花,是来送温暖的。

  对棉花的回忆,从小伴到大。

  春天万物生,我爹带我去棉花地锄草,告诉我,把这些棉花给锄锄。于是我噌噌地把棉苗全给锄了。他唉了一声,不打不骂的,又把我带回来了,我娘差点没打我。

  为什么全给锄了,实在是棉花的小苗苗,绿绿的,茎子细细的,摇晃着两三片叶瓣的大脑袋,跟我印象中的草无异。

  及至日长日高,日长日大,棉花就开始七股八杈。

  二十几年前的土地不像现在这么金贵,即使家在农村,也只一人困守屁帘儿大的一块,上面插花一样间作套种,务必使地尽其用。那时候,大片大片的棉田,动辄绵延十几亩。绿油油的棉株,巴掌大的叶子迎风招展,外行人看上去欣欣向荣,只有内行——包括我,一眼看上去,就颔首曰:"嗯,该修理了。"

说来惭愧,身为农村人,我一浇地不会改畦,二打药背不动药筒,去捉虫,被长势良好、胖乎乎的肉虫子吓出一身汗,只有给棉花打尖理杈是长项。棉田一眼望不到边,风飕飕地吹着,脚一步一步往前移动,手不停地给棉株"掏耳朵"——就是把主力棉枝以外,在腋窝长出来的捣乱的小嫩尖掐掉,不让它们长成不结棉桃的谎枝,夺取养料。把喧宾夺主之势消灭在萌芽状态,就这意思。这是我最钟爱的一种劳动方式,安静、舒缓,没事可以四处乱看,看天看地,白云苍狗,晴川历历,芳草萋萋。一大片绿云上浮着一个小小的、穿的确良小花褂的身影。

棉花长了,棉花大了,棉花也修理了,也到秋后了,棉花要收获了。棉田里白茫茫一片,饱鼓鼓的桃子绽出白花,上上下下铃铛一样挂满了枝子。阳光打在上面,越发白得耀眼。一大朵一大朵的白色在阳光下宛如团就的银丝。家里的女眷男眷一起上阵,每个人身上都围着一块大的包袱皮,四只角都绑在腰里,走到棉田里,左右手开弓,揪一朵往包袱里一塞,再揪一朵往包袱里一塞,一转眼的工夫包袱皮就装得满满的。个个都像孕妇,像袋鼠,胸前的兜兜坠得腿都走不利索了,蹒跚到大堆前,哗啦一倒。好大的棉堆,像座银山!

纺线是老婆儿们的主要任务。我奶奶老早就把那个闲了一春一夏的纺车搬到窨子里——窨子,就是在地下凭空挖出的一个地窖,冬暖夏凉,专供纺棉花使。已经有许多架老式的纺车

棉 花

蹲在那里待命了。每天晚上，它们就合唱一首单调的歌："嗡嗡嗡……嗡嗡嗡……"加上老奶奶们低低的说话声，空气变得很静，很静。锭子上的穗子由无到有，从细到粗，渐渐像个饱鼓鼓的桃子。卸下来，重新开始，由无到有，从细到粗……那一盏搁在土墙上刨出的窝儿里的油灯，照着她们的头发一年年由黑变白，皱纹一年年加深，踩着梯子上下地窖的时候腿也开始发抖，多少光阴如水一样漫漫流过，打不起一点水花，拧不起一点旋，水面上点点碎金，那是灯影。

及至冬天，一场大雪打下来，村庄安静地卧在雪里，树身一半苍黑的湿，一半银青的白。雪地里又有梅花的脚印，大概是猫咪，或者是兔子。一转眼，却又是一大片的棉花排列在雪地里，好大、好丰盛的棉桃啊！空桃像碗，满盛了白雪，像是一地丰盛的棉花开。

棉花的原产地是印度和阿拉伯。在棉花传入中国之前，中国只有可供充填枕褥的木棉，没有可以织布的棉花。所以，宋朝以前，中国的文字里面，是没有"棉"字的，只有"绵"字。

有人推测棉花的传入至迟在南北朝时期，但是多在边疆种植。这个也很好理解，新疆等地气候干旱，适合棉花生长。

元朝时期，江南松江地区有个叫黄道婆的，偶然学到了最新的棉花种植技术和纺织技术。她把这种技术带回家乡，于是，松江人率先用棉花来制成御寒衣物。只是当时兵祸连绵，所以棉花种植一直没有推广开来。到了明朝，朱元璋为解决老百姓的过冬问题，想要把松江地区的棉花种植技术在全国范围内推广。但是百姓们更看重的是肚皮饱不饱，毕竟吃饱是大事，穿暖要排老二,所以种的多是能填饱肚子的作物。朱元璋强制推行棉花种植,并且规定谁家多种植棉花,谁家就可以免收赋税。这样一来,棉花逐渐在全国种开,所以才会"花开天下暖,花落天下寒"。

小时候穿的厚墩墩的棉袄,都是新棉花絮的。到现在还记得我娘絮棉衣、絮被子:新棉花下来之后弹成平展展、暄腾腾的棉花泡,平时用大包袱包着。及至用着的时候,解开包袱,唉哟,像云彩一样!让人禁不住想把脸偎上,身子傍上。我娘就把我往旁边赶:去去去。然后撕下一块块的棉花,往布料上铺平展,再用复杂的手法把棉花翻进布料里面,用针引好,就成了一件新棉袄,或者一床新被卧。

——我还会缝被子呢,不过要戴顶针,用大长针和粗棉线,否则新棉花絮的被卧一针扎不透。现在想起来,还觉得暖和。